백 리를 기다리는 말

백 리를 기다리는 말

박해람 시집

민음의 시 208

민음사

입술엔 백 리를 달리는
말이 있다

입가에 묻은
그악한 말들을 닦는 데
몇 년이 걸렸다

그리고 한 병 술로
얼굴을 푼다.

박해람

차 례

1부 백 리를 기다리는 말

흑점   13

적란운―가와바타 야스나리풍으로   14

단장(斷腸)   16

백 리를 기다리는 말   18

자살하는 악기   20

묘(猫)의 방식으로 집필   22

사탕처럼 천천히 녹는 여름   24

살(煞)―하루에 세 번 살이 있다. 길을 가리킬 때는 오른손에
쥐고 있던 몽둥이는 왼손으로 옮겨 잡고 오른손으로 길을 가리켜라   26

견족(犬足), 꽃   28

화무삼일홍(花無三日紅)   30

앙상한 서명―혜미에게   32

봄날, 꽃이라는 눈물   34

이름이 붙은 거리(坡州)―나혜석전(傳)   36

오르골   38

몽몽(夢夢)   42

울음   44

테이블   46

여행목(旅行木)   48

2부 독설

독설 ─지나간 다정함이란 곁의 어린 쓸쓸함만도 못하다
나는 내 독설에 기대어 견디는 중이다   53

척독삽입춘서(尺牘揷入春書)   56

살구나무 달력   58

병서(病書)   60

악필(惡筆)   62

배꽃을 불어 달을 본다   64

식목일   66

선풍기(禪風機)   68

침사 변 씨   70

물집   72

화풍여울   74

저울   76

괴로운 어둠   78

소름   80

발효의 귀   82

척독(尺牘)   84

흘리다 봄   86

구름 치어   88

창문을 눕히려 눈을 감는다   90

3부 피크닉 트레일러

입춘(立春)   93

메리 여왕이 보낸 장지(葬地)   96

예전 애인   98

왼쪽의 습관   100

피크닉 트레일러―벌판에 피크닉 트레일러 한 대가 나무에 묶여 있다. 나무는 벌판에 묶여 있은 지 오래, 저것들은 언제 사라진 피크닉 들일까?   102

지난여름에 두고 온 일   104

육손이   106

꽃밭   108

나뭇잎이 떨어져서   110

폐광경(廢鑛景)   112

붉은 감자밭   114

나무 여자   116

화장(化粧)   118

누가 내 한기를 위해 다독을 덮어 줄 것인지   120

벚꽃 나무 주소   122

월하정인(月下情人)   124

망가진 구름   126

독설―눈과 귀는 한길을 왕래한다고 한다. 입은 지름길이고 먼저 건너간 말(言)의 등에는 삽날이 찍혀 있다고 한다.   128

마취   130

구부러진 것들   132

늙은 아이   134

검은 돌 흰 돌   136

리장   138

작품 해설 | 박슬기

화농(化膿)의 계절에서 온 편지   141

1부 백 리를 기다리는 말

흑점

풀밭에서 너와 뒹굴 때 거기 연보라 꽃이라도 있어 몇 날 며칠 물이 들어 빠지지 않았으면 좋겠다.

꽃의 온 얼굴이 터져

훗날 아무리 빨아도 빠지지 않는 얼룩처럼 버리지도 못하고 그러나 그 기억이 좋아 매일 입고 싶은

연보라 흑점같이 그 어디쯤 그 언제쯤 영원히 그 자리에 남아 있었으면 좋겠다.

독과 같은 이빨 자국

보이지 않는 곳의 상처들은 다 독과 같은 이빨에 물린 것들이어서 그때 한 번쯤 죽은 것들이어서

연보랏빛 문신같이 몸에 남아 있는 것들

안 보이는 곳의 흉터는
안 보이는 것이 와서 문 것.

적란운
—— 가와바타 야스나리풍으로

먼 발신구에서 온 아이의 만사(輓詞)를 중얼거리면서 땅
이 풀린다.

흐르는 물소리를 꺾어 병에 꽂아 두지 마라

그 적란운 같은 치장에 물기가 올라 미칠 것 같다

끊어진 현(絃)은 아침에 쓸지 마라

빗자루가 지나간 자리마다 어지럽게 새겨진 적요는 후
음이 없으니

아침의 세수는 풍(風)으로나 가당할 것

허공에 앉아 울지 말거라, 네 발밑의 소심한 외줄 우는
소리가 나를 미치게 한다

어느 한숨의 뒤끝에도 공원을 가꾸지 마라

적란운 아래 모든 줄기들이 악기의 모양을 따라하고 있
지 않니.

부풀어 오르는 내부 장기들은 나를 떠오르지 못하게 할
것이다. 그러니 제발,

맹장지 저쪽으로 뒤꿈치를 들고

꽃의 후음이 지나가게 두어라.

검은색으로 바른 창호가 지나가는 하늘 아래에서는 그
어떤 소리도 내지 마라
　물방울들이 심장을 뛰어다니며 귀찮게 하고 있으니
　적란운 심기를 불편하게 하지 마라
　어린 우기(雨氣)가 온 봄을 흔들고 있잖니

　나란히 누웠던 팔베개에 물이 올라 뒤척이는 봄날이 축
축하기만 하고

　벚꽃 나무 하나가 산산이 부서져 날리는 저 꽃잎들
　너의 모든 도처(到處)를 없애라
　지기들의 안부가 나를 미치게 한다.

단장(斷腸)

벽에다 그림자를 남겨 놓고
꽃은 바깥을 넘겨다보고 있다
네 속셈은 이 골목을 빼다 닮았구나.
새로 생긴 가지 하나에 차마 두드리지 못할 문 하나를
또 틔웠구나.
오래 흔들려 기운이 빠진 그늘은 콘크리트 벽 속으로 묻
혔는데
어느새 기침이 온 얼굴을 장악했구나.

배꼽을 내려다보면 난 끝내 혼자일 것이라는 확신이 든다.
몇 개의 단장(斷腸)이 지나간 흔적
맨 처음 창자가 끊어진 그 흔적을 몸에 두고
멍든 자국이 보랏빛으로 싱싱하다
보고 보낸 시절이 골목뿐이라고 어쩌겠냐고.

어쩌면 말릴 수 없는 개화들은
화농이 가장 심할 때라는 것
길을 잃은 골목이 가지를 휘청 휘게 만들고

라일락, 라일락 그 냄새나는 음률은 네가 만들고 네가
흔들릴 바람이다.

　화농점점(化膿點點) 사월이 아물고 있고 몸에는 꽃 진 흔
적이 꼭 쌍으로 있어 빈 곳이 없다
　나무들의 탈장이 울긋불긋하다
　누구나 맨 처음 창자를 끊어 그 흔적으로 살듯,

　꽃이 끊어진 자리
　네 한철도 끝이다.

백 리를 기다리는 말

로사리오를 넘기는 손 안의 말들이
다섯 마디로 엮은 환(環)
고리가 없는 말들이 묵주를 따라 돈다.
화관(花冠)을 쓰고 있는 시간, 귀머거리 암송(暗誦)이
늙은 교회력들이 마당을 쓸고 있는 공소(空巢)는 지금 피
정에 들어 있다

장미 콩이 여물어 가는 당나귀의 잔등
비스듬히 누워 있는 미사 시간이, 포도주가 시큼하게 상
해 가는 코르크마개의 안쪽
신부가 없는 계절을 빌려
바람은 타인(他人) 그늘은 정인(情人)이라는 푯말을 걸고
묵언 중인데
당신은 백 리 밖에서 말을 하고
당신의 백 리 밖에서 나는 오독이 묻어 있는 말을 듣는다.

저자(著者)가 여럿인 암송을 묵언으로 읊조리고 있다
생각이 달려 있는 기도는 오래된 종교이겠지
계절이 있는 질책을 들었다면 너, 어느 벽돌 기둥의 모서

리에 가려지지 않았겠지

어둑한 말의 모양을 두 손에 받아 들고

백 리를 기다리는 말이나 돌보고 있다고

말 잔등을 보내겠다고

측은한 피정 중이라고, 측은한 가명을 한동안 쓰고 싶었다.

여름의 타인보다 겨울의 정인이 더 그립다.

오십 리를 기다리다 오십 리를 마중 나간다.

외면하는 첫마디를 베고 쉬겠다.

생일에 정한 성인(聖人)의 거푸집, 양쪽의 눈을 닮은 밀떡이 입 안에서 녹아 간다.

듣는 말로 세례를 받고 기생(妓生)의 이름으로 냉담 중이다.

자살하는 악기

꽃들이 다 창밖을 내다보고 있다
화색이 가득한 창문은 열두 달을 열고 닫을 수 없으니
떨어진 꽃잎들이 제 방향을 서로 교환하고 있는 사이
가을이 한 장씩 다 날아가고
나뭇가지들이 창문을 닫아걸고 있다

나무의 자살은
그 목관(木管) 속에 미세한 길이 생겼기 때문일 것이고
음은 미세한 고통이고
날개에 분가루가 있는 것들에게는 소리가 없듯
자살한 나무로 만든 악기에는
죽은 것들의 후렴을 잡아 둘 수 있는 목(木)의 관(棺)이
있다

열두 달을 거느린 달 밖의 달
서른세 줄을 조율하는 달의 날들
일 년 밖의 일 년이 흔들리는 곳, 휘어진 현이 퍼지는 저쪽
음악은 그곳에서 서서 쉰다.

접은 옷소매에 음이 끼여 있군요. 밤을 지나왔군요. 악몽을 지나왔군요. 철사처럼 굽어 있는 밤, 팔을 몇 번이나 흔들어 허공을 지휘했나요? 궁금했어요. 아팠군요. 나무들은 손가락을 두드리고 있군요. 손이 맵군요, 귀가 빨개지도록. 주머니에는 긁을 수 없는 간지럼이 가득하군요.

음들은 주머니에서 오래 만져질수록 더 싱싱해지고, 머리통은 아직 걷기를 생각하며 썩어 가고 있다
긴 무늬의 현들은 다 휘어져 있다.
어린 음들은 아직 첫 달에도 못 들고 있으니
바람의 인이 한참은 더 박혀야 하리

마주 등을 댄 창문은 꼭 안쪽만 눈물을 흘린다.
일월에서 십이월까지 가려면 안 울고는 못 가지

묘(猫)의 방식으로 집필

고양이의 집필은 비스듬하게 모로 누운 방식, 꼬리에 봄 볕을 찍어 쓰면 거만한 자음들이 아지랑이처럼 곤두서던 봄. 꽃들의 획수를 편집하거나 고양이 꼬리의 오타를 수정 하는 일에 고용됐었지. 철자법 없이도 나뭇잎들이 돋아나 고 혼자 놀고 있는 묘(猫)의 꼬리는 몸통을 자주 속였지. 아마도 서로가 외연(外延)이라고 여겼던 것 같아. 비스듬히 누워서 번역체 햇볕을 데리고 놀던 꼬리 파지마다 글자들 이 웅크려 있고 엄지와 검지를 벌려 책의 분량을 정했지.

볼펜을 열면 스프링 대신 고양이 꼬리가 감겨 있었지. 가끔 잉크가 나오지 않는 꼬리도 있었거든.

털 있는 것들은 다 붓 같다. 뒹구는 곳마다 가려운 흔적 이 떨어져 있는 파지 눈을 가로로 혹은 세로로 뜨는 족적 (足跡)을 새기고 담장 밑 봄은 천천히 굳어 갔지.

심심한 수염, 혼자 놀고 있는 꼬리의 집필.

비릿한 줄 간격을 쓰고 까끌까끌한 필체까지 묘(猫)의

방식으로 집필한 수염의 자서전. 햇볕은 난간을 지나가고 검은색에 흰 털이 듬성듬성 박힌 봄, 또래가 없이 꼬리를 끌고 다니는 스프링의 몸통. 거만한 간격의 줄거리가 낱장으로 울어 대던 봄밤.

채마밭이 딸린 마당이 백이십 페이지 분량으로 묶이고 떨어진 꽃들을 주워 마침표로 사용했지.

채마밭은 훼손되었고 배추흰나비들이 읽다 만 페이지처럼 접혀 있었지.
묘(猫)의 방식으로 집필한 책은 난간이라는 제목.

사탕처럼 천천히 녹는 여름

손가락 끝에서 먼저 물드는 것들, 충분한 염료가 여름
내내 펄펄 끓고 있다
깊어서 닿자마자 물드는 색
여름이 모든 열매들을 입 안에 넣고 우물거린다.

후드득, 진한 색깔들이 익어 가고 있다

모든 열매들은
그 몸의 팔랑거리는 그늘 색을 닮아 간다
뽕나무는 제 그늘을 닮아 가려 했을 것이다
검고 붉고 푸른 것들이 매달려
검게 바람을 익히고 있다

누구나 제 그늘을 한 번쯤 내려다본다.
그러다 후드득 떨어져 내리는 지경이 되어서야
제 색깔을 알아차린다.
물들어 가는 시간
한차례 다 털어 낸 색깔들
스스스 흔들려 올려다보는 뽕나무

진하게 익었다는 색

가장 끝과 닮았다는 색

올려다보는 이 한 몸과

먼저 깊어 가는 생각의 끝이 물들어 가고 있다

물들어 가고자 하는 것들 단맛에 취해 호들갑이다

사탕처럼 천천히 녹아

꿀꺽, 해 보지도 못한 한 생이 넘어 간다

엄살은 오디처럼 검은색이다

살(煞)

── 하루에 세 번 살이 있다. 길을 가리킬 때는 오른손에 쥐고 있던 몽둥이는
왼손으로 옮겨 잡고 오른손으로 길을 가리켜라

지점(地點)은 발아와 성장이 동시에 일어나는 곳
말을 잡아먹은 늑대는
평생을 달려야 하는 벌을 만나고
꽃대의 마디에서 쫓겨난 바람은
그 대궁의 꽃잎을 딴다.

백 리 밖의 그대 피곤한 저녁은
다 나의 소관이다
바람의 키를 잡은 늑대의 꼬리는 몸을 저어 간다
반짝이는 것들을 조심하라 그곳엔 살(煞)이 빛나고 있다
진경(秦鏡)*을 보는 불행은 맨 처음의 울음이 없고 후일
모든 사물의 첫 글자가 된다.
필연의 살들이 뭉쳐 나를 데려가는 중이고 전에 살던
백 리 밖에서 나는 우연으로 불리어졌다
처음으로 앉았던 곳에서
불행한 보행은 몸 안으로 들어왔을 것이다

악담과 정담이 모여 있는 곳에 나의 죽음은 북적거린다.

말 한 필과 한 사람을 먹어 치운 유사(流沙)의 물살(煞)

모욕이 넘쳐 위를 쓰다듬고 있다

모래 신발이 다 닳은 백 리 밖 지점

숨고 싶은 그 숲엔 이미 숨어 있는 것들이 많다

* 선악을 꿰뚫어 보는 사람의 안목과 식견을 이르는 말. 중국 진나라의 시
  황제가 사람의 선악, 사정(邪正)을 비추어 보았다는 거울에서 유래한다.

견족(犬足), 꽃

바람의 치어들이 만개한 꽃나무를 툭 치듯 꽃잎 치어들
이 훅, 제 몸을 치듯
　개의 끈을 툭 풀었을 뿐인데
　계절은 이미 다 날아갔다

　빈 줄과 바람의 온 몸이 부딪혀 떨어지는 저 눈꽃송이들
　풀려난 개는 흰 눈밭을 한참 뛰어다니고
　부르면 저쪽 어디선가 고개를 잠깐 들었다 이내 사라지
는 개의 콧등을 닮은 계절

　개를 찾아 떨어진 꽃을 찾아 눈밭을 따라가다 보면
　거기 흙 묻은
　견족(犬足), 꽃이 온 눈밭에 돋아나 있는 것이다
　겹겹이 피어난 꽃
　외로이 혼자 저만치 꽃
　한겨울 가지도 없이 흔들림도 없이 그늘도 없이 수백 송
이의 꽃을 피워 놓고 개는 어디로 간 것일까
　꽃피우는 일이 저렇듯 즐거운 일인가

흰 낮잠의 이불 위에 어지러운 꽃잎 무늬들

개 없는 개의 줄이 손등을 핥았다
손등에 파란 물길이 녹고 있다
꽃송이들이 맨 마지막에 녹을 것이고 그 뒤이어
비릿한 계절이 올 것이다
개는 눈밭에서 다 녹았을 것이다

화무삼일홍(花無三日紅)

바람이 불고 조등이 흔들린다.

어느 상가에서 북적이다 가는 중일까

여름비에 꽃 조등 다 떨어져 있다

뒤늦은 슬픔은 괜히 떨어진 꽃송이만 이리저리 굴리고

있다

장마는 물의 소리만 키워 놓았다

한 번도 끊어진 적이 없는 긴 끈 같은 물소리

오늘 그 끈에 목을 맨 이가 있는 마을에 있다

왁자한 집의 대문 옆에서만 핀다는 저 등(燈)

어지러운 획(劃)들이 씨앗처럼 베어 나와 검다

저 왁자한 며칠은 죽은 이로부터 빌려 오는 기간이 아

닐까.

그사이 음식과 나무젓가락은 늙거나 수척해졌다

잠잠해진 물소리를 끊어다 망자를 꽁꽁 묶는 아침

저 꽃 하필이면 죽은 이의 시간에 피어

허름한 비에 젖다 가는지

삼일장(三日葬) 동안 집집마다엔 누런 물소리가 가득해서 목이 다 쉬었다. 한밤 물길을 끊으려 둑길에 나왔다가 이미 흘러간 끈을 감으려 따라간 귀를 기다릴 뿐이다

귀 없는 검은 돌이 오래 앉아 있다.
구불구불 오래 흘러갈 끈

허공의 편도에 어두운 구름이 후진으로 산을 넘어간다.
늙은 음식들도 다 바닥나고, 슬픔 같은 건 이미 다 상했다
불 꺼진 꽃을 꺾어 가는 사람이 있고
열 개의 발가락이 다 젖어 있다

앙상한 서명
— 혜미에게

안면 붉은 저 공중의 한때가 깨어져 단풍 흘러나오고
있다. 안면 불식의 단풍이 날아가고 있다.

보내 준 책을 열다 떨어트려 놓고 집합 지점이 뭉개진
것을 두고 이번 원정은 일정이 빡빡하겠는걸 중얼거린다면
중국식 담장 모퉁이 방식으로 뒤에 뿌려진 지전(紙錢)이 전
례(典禮)의 행렬을 따라가지 않는다면 진정한 파지(破紙)를
몇백 장을 묶어 그 붉은 얼굴로 주소를 덧붙였다면 다 깨
어져서 이렇게 날리며 오는 방식은 아니었을 것

인화(印畵)의 얼굴로 흑백의 포즈로 앙상한 서명으로 내
게서 오해만 골라 가는 다정한 파지들

깨어진 책을 들고 한동안 흘리고 다닌 타인의 첨삭

어린 나무 곁에는 늘 손가락을 베인 기억이 있고 그래서
붉은 방향의 한때가 지목하는 즐거운 사후(伺候)로 셔터 음
좋은 수동의 한때를 보내 주었지.

깨어진 한때의 그악한 눈치

마분지 봉투를 열고 진홍빛 책을 떨어트린 그 순간 글
자의 조합은 이미 다 흐트러졌거나 깨어졌을 것.

한권의 파문이 날아다니다 다시 책 속으로 들어가고 앙
상한 필체의 서명이 문을 닫고.

봄날, 꽃이라는 눈물

발자국은 진흙을 건너 물속으로 가지가 뻗어 있다
걸어서 제 발자국을 뚝 하고 끊고 가는 개화
나무의 내부에서 몇 번을 내다보고 망설였을 꽃

몇몇이 뒤늦게
핀 꽃을 보고
애간장이 끊어진다.

모든 눈물은 소용돌이를 거쳐 나온다.
너무 추운 철에 핀 슬픔
다 마르면 뚝, 하고 떨어지는
가장 먼저 흘리는
꽃이라는 봄날의 눈물

어떤 오동나무 흉터는 입 꽉 닫고 눈 뜬 채 굳어 버린 흔
적 같기도 하다.
익사(溺死) 밖의 흉터
흉터는 늘 이쪽에 남겨지는 것이어서
더 이상 어떤 대꾸도 않겠다는 의사.

여러 개의 조문에서 발췌한 울음이
봄을 봄에 앉혀 쉬게 하고 있다
선 채로는 통곡에 이르지 못해 서 있는 나무들
늑골과 늑골 사이에 검은 몸부림이 개어져 있듯
울음은 몸의 가장 높은 곳에서 떨어지는 개화

아무리 울음 운다 해도
봄의 눈물을 이기지는 못한다.
수면에 부푼 꽃이 떠올랐다
떨어진 꽃들은 세상에서 제일 잘생긴 흉터

이름이 붙은 거리(坡州)

— 나혜석전(傳)

난독의 간판들과
최초의 검색어들이 모여드는 곳에 흉상의 소문이 앉아
있다
풍경은 쓰다듬다 벗겨진 부분
또는 덧칠로 벗겨내는 맨 마지막의 쓰린 남루다
빈 곳을 찾아 바람을 심고
네가 네 이름을 풀어 놓은 골목을 정리하는 요량을 본다.

마지막으로 걸었던 걸음이 날리고 있다
걸음이 다 떨어진 앙상한 몸엔 깊은 추위가 흔들린다.
머리에서 천천히 내려와
걸음이 되기 위해 한참을 헤매었을 걸음
이쪽에서 저쪽을 끌어다 지명을 불러 세우는 일
많이 떠돈 사람만이 거리를 가질 수 있다

이 몸에 편식의 나이가 들어 어떤 걸음은 빼먹고 걷기도
하였는바 일 보는 일 배로 작정하고 하잠(夏蠶)에 들어 있는
네 방문 앞에 다다라 심부름 간 척독(尺牘)을 기다린다. 하
일의 정오는 시들어 우기(雨期)만 분주하고 네 오수에는 숨

소리가 없다. 기척을 하였으나 문고리가 없어 발길을 돌린다.

　태어난 날로 돌아갈 수 있다면 멀리까지 마음을 보내지
않았을 것이다
　사후연대가 등에 업고 있는 쓸쓸한 유작들
　거리가 된 한 사람이 돌아눕는 도처
　마지막 침대의 삐걱이던 기침과 몸에 들였던 마지막 병
그리고 여기
　아늑한 이름

　반쯤 눈감은 평(評), 코르크가 빠져 흥건한 거리
　이 고도(古道)에 거리를 놓고 바쁘구나.
　몸은 지명이고
　마음은 걸음이었을.

오르골

어두운 색으로 가득 찬,
관의 뚜껑을 여는 일이란
뭉쳐 있는 고요와 어둠을 푸는 일일까요
죽음은 이쪽의 사람들에게서나 일어나는 일
그 누구도 관의 뚜껑이 열리는 일은 바라지 않는다.
모든 바탕은 너무 깊어서 암흑이고
가끔 온몸이 무겁다고 느낄 때 뒤돌아보면 거기 당신의
검은 관이
땅에 질질 끌리며 따라오고 있을 것이다
정해지지 않은 순서의 시공을 힘겹게 돌다가
누군가 관의 뚜껑을 열면
반으로 접히는 당신의 검은 배후가 허락 없이
누군가의 눈동자를 반짝거리게 할 뿐

모든 이들의 눈동자에 검은색이 들어 있듯
어둠도 당당한 한 가지 색이다
그 어떤 인위도 섞이지 않은
깊은 계곡이다.

소리가 가려운 깊은 밤,

아이 깰까 봐

조심스럽게 문을 열다가 듣는다.

멈출 수 없는 태엽

어둠이 관리하는 소리들

모든 소리는 생겨나는 중이 아니라 사라지는 중이다

살며시 나는 소리들이란 없다

조용한 것도 소리다

방문을 여는 일이란 오르골의 뚜껑을 여는 일이다

소리의 이불을 덮고 누워 있는 소리들

이불 속으로 머리의 몇 배나 되는 손발을 감추고 있는

태엽들의 방

방문이 열리면서 사라지고

닫히는 그 순간에도 사라지고 있는 중이다

허공의 늦은 저녁,

소리들이 풀어지는 허공의 골목들. 허공에도 골목이 있

어 늦은 새들이며 없는 날개들이 소리도 없이 지나간다.

소리를 여는 일이란 관의 뚜껑을 여는 일, 소리 나지 않는 것들을 다음 생에게로 슬쩍 뚜껑을 다시 덮어 주는 일이다.

허공에서 구부러지는 것들은 바람의 소관이다 날아다니는 것들의 모든 길은 바람의 관할이고. 바람은 모든 길을 감아 놓는다. 우리는 점점 풀어져서는 더 이상 소리 내지 못한다. 검은 그림자들이 모여 저녁의 어둠을 만들고 누가 관의 뚜껑을 열기 전까지는 이 어둠이 깨어지지 않는다. 바람은 어둠을 휘젓는 일 따위는 하지 않을 것이다.

가장 무서운,
이 어둠과 이 소리의 덩어리와 이 허공에서 사는 존재는 오로지 나 혼자뿐,
가장 죽이고 싶은 것도 나
가장 무서운 것도 나
이곳을 벗어나기 위해
내가 나를 인질로 잡고 있는 인질극

누군가 오르골의 뚜껑을 여는 그 순간부터 이 인질극은 시작된다. 불편하면 뚜껑을 덮어라.

몽몽(夢夢)

수해로 끊어진 다리 입구 집
중국인 처녀는 뜨개질바늘을 들고
몰래 다리를 연결하고
또 어떤 청년인 청년은 장중한 바이올린으로 연주를 했
는데
제각각 음을 재현하는 음동(音童)들이 후드득 태어났는데

달밤에 나는 왜 집에를 갔는지
집집마다에서는 왜 수근들 거렸는지
감자밭 아래에서는 왜
감자알마냥 작은 달들이 콩콩콩 생겨나고 있었는지

그 한밤에 조충도(鳥蟲圖)에서는 날파리가 윙윙 날고 있
었는데
그 중국인 처녀가 수놓고 간 네 명의 아이들 중
물난리가 하나를 데려가고
달빛은 왜 하필 얼굴들에서 환한 빛들을 불러내서는
각 세 덩어리의 달들과

파리한 달 하나도 같이 뛰놀게 했는지
왜 꿈속에서는 늘 떠도는 것인지
발 디딜 지상이 없는지

슬픈 꿈을 잘 꾼 사내가 끊어진 물속을 건너며 깨어나
는 아침
물난리에 씻긴 아이의 무덤이 파랗게 하늘을 보고
국적 바뀐 싱싱한 구름은
뒤뚱뒤뚱 객지를 떠도는데

한 번 꾼 꿈을 다시 꾸고 싶은 사내는 자꾸만 밤이 되어
가려 하는데.

울음

울음으로 한 시절을 사는 존재가 있다고
오동나무는 장롱으로
굴참나무는 흔들려서 그 상상의 임신을 떨어뜨리는 여름
껍질에만 붙었다 가는 손님이 있다고
다 털었으니 이제 가을이 깊어 가겠다고. 사라지겠다고

울음이 한 계절을 만들어 내고 있다
그 뒤이어 침묵이 또 한 계절을 어루만지며
나무에 빈 껍질이 굳건히 매달려 있다
이 몸의 껍질이 키운 울음이 여름 내내
숲을 흔들었다고
그 몸도 이제는 텅 비어 그늘에 떨어져 말라 간다고.

개미 떼가 텅 빈 울음의 집을 끌고 간다
울음이 다 빠져나간 몸은 더 무거워졌다
날개를 갖고 있던 울음
허공의 주소를 갖고 있던 울음이 다 빠져나간 몸
얼굴이 아니라 몸으로 우는 것들에겐

그 흔적 또한 몸이라고

울음소리는 그새
저 먼 곳까지 날아가고 없다

내 껍질에만 붙어 울던 한 울음이 있었다고
이제 내 울음에는 날개가 없다고.

테이블

원래 이것들의 족속은 햇빛을 받치던 것들
땅 위에 고정되어 튼튼하게 흔들리던 것들인데 그 많은
뿌리는 다 어디로 가고
각 네 개의 지점에 그 소용을 정해 놓고는
그 위에서 밥을 먹기도 하고 책을 만들기도 하였으니
불안하다 중심.

장마가 끝나고 바람이 툭 치자 후드득, 땀을 털어 내는
허약한 테이블
하나로 서서 유연하게 서서
그 파르르 떨리는
흔들리는 테이블
평생을 흔들리며 노동해야 하는
둥둥 떠다니는 지구들

네 개의 수족을 다 흔들며 반짝거리는 잎들을 먹여 살
리는 노동의 유전자는 지구인이라는 표식

먼지와 매연, 명령과 질책, 저 굴욕은 얼마나 힘이 센가

뻔뻔한 철제의 속성으로 변환된 굴욕

가지를 쳐내도 국물을 흘려도 작대기로 열매를 후려쳐
도 묵묵할 수밖에 없는

셀 수 없는 갈래의 뿌리를 숨기고 사는

흔들리는 굴욕

여행목(旅行木)

장애목(障礙木) ── 나무가 온전한 영혼으로 날고 있는 것은 모두 잎의 덕이다

돌아오지 않는 여행, 부서지는 허공

풍력은 가끔 흔들리는 것들의 수족을 확인시켜 줄 뿐

흔들리는 것들만이 휘어지지 않는다는 것을 말해 주지는 않는다.

역설의 존재들

자주 흔들리지 못해 휘어진 허공에

환호로 피어나는 여행목

할 말이 있을 때만 여행하는 흔들리는 여권(旅券)

한 곳에 서서도 늘 날려 가는 저 나무들

여행이라는 말은 나무에게서 떨어진 말이다. 그래서 그 말은 소리 없이 들뜨는 걸 좋아한다.

모친(母親) ── 마을의 모친들은 여전히 그곳에 서 있어 한 곳도 움직이지 않는다.

아이들은 떨어져도 떨어지지 않은 낙엽

발은 땅보다 허공을 더 많이 딛고 있었지

그래서 아이들은 가끔 쓸모없는 것들과 놀았지
움직일 수 없는 것들이 더 자유롭다는 것을 아직 모를 때
허공의 부족들은 그 신을 땅에 두고 살았고
모친들은 지긋지긋 땅만 뒤지다
땅을 쓰고 누워 흔들린다.
바람은 늘 빈 뼈만 남은 나무에게 가혹하고
저 오랜 죽음의 풍습에는 진화의 연대기조차 없지.

기일(忌日) ― 이미 죽은 나무들은 이파리 대신 흰 달을
품는다.
흰 달이 나무를 흔드는 달에 모친들의 기일(忌日)이 시작
되고
나무들이 일렬로 서서
이미 죽은 바람에 흔들린다.
아이들은 잎이 흔들리는 철에 생겨나 철없이 나무 밑에
서 논다

쉼 ― 겨울은 나무들이 서서 쉬는 계절, 흔들리는 모든
것들도 다 땅의 소관

어둠을 발아(發芽)시키는 존재들이 있다는 것에 믿음을
뿌린다.

어떤 믿음은 나무의 몸 세 뼘 밖에다 뿌려야 되고

술잔은 반드시 바람의 힘을 빌려 뿌릴 것

팔을 뻗은 허공의 지점에

죽은 나무들의 묘지가 있다

그 어느 바람도 나무 묘지를 흔들지 못한다.

2부 독설

독설

— 지나간 다정함이란 곁의 어린 쓸쓸함만도 못하다
나는 내 독설에 기대어 견디는 중이다

한여름 푸른 독설을 견디기 위해
벌레가 뱉어 놓은 검은 허공을 들여다보고 있었다.
독설이 들락거리면서 흔들리는 나뭇잎이 있었고
얇은 바람 한 장 같던 흰 얼굴이 맥주 캔처럼 구겨질 뿐
이던 여름
파랗게 흔들리던 것들은 몸서리치고 있는 중이었을까

한없이 흔들리는 그늘만 자랐다
알고 보면 걸음은 다 땅에 박혀 뿌리를 키우는 것들이
고, 뽑힌 걸음의 흔적들만 가득한 천지
너는 왜
몸 밖이 없는 것들에게 왜
문을 열어 주었던 것이냐

아무리 흔들려도 저 목가의 밖은
멀리 떠나지 않고
흔들리는 푸른 것들은 바람의 고삐에 묶여 있다
고삐는 가고 싶은 곳으로 팽팽하다

바람의 고삐에 가끔 몸이 휘어지지만
결국 끌려가지 못하고 버티는 나무의 머리채가 떨구는
그악스런 독설들

끝이 없으니 영영 푸르다/ 그 푸른 바삭거림을 입 안에
넣고 우물거리는 바람의 혀/ 떨어진 땅이 검게 익어 가는
철/ 여물지 않은 열매들의 자포자기라는 맛/ 뒤척임이 너
무 겹쳐서 쓰라릴 때/ 그 사이가 묻은 채 떨어지는 독설/
혼자 말라 가는 나무의 푸른 혀.

반짝이는 것들은 눈동자를 익어 가게 한다.
스스로 낙하한 검은 그늘들은 다 땅의 눈동자일 텐데
떨어져 제 눈을 가릴,
매달려 떨고 있는 저 으스스한 독설들
두 달 치 알약들을 쓰레기통에 버리고 돌아서는데
온몸에 돋는 이 독의 수런거림들
나에게 알약은 으스스 떨리는 저 나무에 묻어 있는 햇빛
너무 짧게 빛나는 약효.

벌레가 다녀간

나무 밑 난전(亂廛)이 시고 푸르다

척독삽입춘서(尺牘揷入春書)*

꽃가루의 효능은 사월
그 시기에 출시된 허공은 무겁고 나무들의 몸 안으로
가려움이 옮겨 다닌다
나무들이 흔들려 허공을 긁고 있다
시원해지는 바람.

담장 안으로 꽃잎 지는 소리가 뛰어든다
걸음이 없는 것들에게
봄 한철이 줄지어 방문한다.
잠자던 바람이 일어나는데 봄은 아주 우연한 계절이다
한 철 분주한 허공의 편도
멋모르고 뿌리내린 것들은 멋모르고 기다리는 일뿐
오다가다 허공에서 만난 사이
토닥토닥 봄날을 단장해 본들
각혈(咯血)의 자리에는 늘 각혈이 피는 일

꽃들은 늙어서 허공을 살짝 밟아 가고 떨어지는 것들은
저 스스로의 목이 시들었기 때문이다

「尺牘 — 수두 꽃이 시들어 간다고 하나 실은 얼굴이 앞서 시드는 것을 그대도 아는 일. 비벼 대는 일이 없으면 꽃의 粉 또한 기침이나 불러들여 만발할 것을. 手應手答은 마음을 일어나게 하는 일. 意思없이 열리는 마음에 봄날은 그 花奢를 뽐낼 뿐이지. 그대를 만나고 수없이 뒤척였으나 깨어나지 않는 잠도 있다는 것을 봄날 꾸벅꾸벅 졸면서 깨닫는다. 그대 봄은 너무 노련해져 향기가 없으니 속히 알아채길.」

무분별 암호들이 적힌 춘서(春書)는 다 읽을 시기가 있는 법, 때를 놓치면 번져 흐릿해진 문장들이 뚝뚝 지고 만다.
담 너머로 날리는 흰 얼굴이 목 빼어 훔쳐 본다.
꽃가루의 효능은 허튼 꿈.

* 암호로 쓰인 짧은 쪽지가 첨부된 봄 편지.

살구나무 달력

서쪽에 달을 두고 제자리에 서서 닳고 있는 나무들.
긁는 날이 많아 흔들리는 치아
시큼하게 흔들리던 초여름 살구나무는 너무 요염해 베
어 버렸고
정인이 들었던 수저 소리는 행주로 닦았다
물결무늬가 지나간 자리
달의 모든 날짜가 지워졌다

토드득, 날짜들과
우수수 날짜들이 다 떠난 빈 가지들.

모든 관계는 선불의 셈 같다.
말을 지워서 종래에는 한 마디의 말도 갖고 있질 않다
뇌하를 따라 다정했던 말들이 지고
떫었던 말들에만 밑줄이 붉다
아픈 말이란 아픈 곳을 지나왔을 것이다

이 년 전 살구나무와 마신 술은 오늘에서야 다 깼다.

달은 지금 어느 몸에다 맥박을 던져 놓고 조용히 부풀고 있나. 여름 내내 풋것들을 게워 내던 골목의 등짝. 속셈을 다 털어 낸 살구나무의 물기에 떠 있는, 대기권도 없이 썰물을 부리는 달. 교묘(巧妙)를 덮을 구름 한 채는 이미 구했겠다.

나무 달력의 일은 쉬지 않고 흔들리는 것
살구나무의 잎은 살구나무의 날짜
모든 날짜가 떨어진 빈 나무에게는 바람이 없다.

병서(病書)

약봉지를 접어 내게 보낸 편지에
그대의 병력(病歷)이 붙어 있다
심신에 색(色)이 들어 그늘에도 못 들고 있다고 쓰여진
문장은 기침이 심하다
만추에 앉아서 받는 병서(病書)라니
우울한 그늘 한 자락은 도무지 잎을 떨굴 줄 모르니
그 그늘에도 차가운 얼음이 얼 것이네

여기 잠깐 그대의 필체를 들려줄라 치면……

국진(菊俊)의 그늘에도 서리가 내리는 요즘 무탈하신가.
나는 여름 내내 풀 지게를 지고 휘청거렸다네. 내 거처에는
온통 약봉지뿐이니 이렇듯 오후에 그것도 자네가 좋아하
는 석양의 한때를 빌려 보내는 우서(友書)에도 약봉지를 쓰
는 것을 이해해 주시게. 나는 내 몸이 전생에 온갖 약을 싸
던 봉지가 아니었나 하는 생각이 든다네. 허연 김으로 한때
의 독을 다 빼 낸 물렁한 약을 싸던 약봉지. 무릇, 세상에
서 덮던 이불이 수의(壽衣)가 되는 것 아닌가. 모든 색이 다
흙 속으로 돌아가듯 나도 내 거처쯤 궁금하여 오늘은 이제

돌아가도 되냐고 빈 묵정밭에게 물어보고 온 참이네.

　흰색은 세상의 독이니
　내 몸에도 간간이 새치가 빠져 나온다네
　장자(壯者)의 젊은 손끝을 빌려 보낸 그대의 병서는
　뒤끝에 단것이 필요한 문장이어서 한 번에 들이켜지 못
하고 읽었다네.

　세상의 모든 귀퉁이들을 모아 만든 것이 알약이어서
　내 몸에도 툭툭 부딪히는 소리가 시끄럽다네.
　한 사발 약기운조차 그대에게 보내지 못하고 얼음은 또
풀리고 말 것이네.
　미진한 약효와 벗하여 소일하는 일이 바쁘시겠네.
　안부를 처방하여 답신을 보낼 뿐이네.

악필(惡筆)

초서(草書)는 여름에 푸르러 겨울에는 죽고 만다.

초목 하나를 휘감아
그늘을 다 털어 내고서야 그 결박이 보인다.
소리가 바람을 결박하고
잎은 가장 위엣 것부터 불러들이니
창호(窓戶)의 외진 구멍들에게는
근동의 물소리만 벗으로 바쁘다
위리안치(圍籬安置)는 어느덧 초목을 지나 낙엽에 이르렀다.
지난밤에는 가장 성긴 치아가 빠져 거친 낮 밤을 우물거
리지도 못해
간신히 귀로 마신 차 한 잔이
조식으로 들어앉은 배 속

어찰(御札)은 어느 진창을 지나왔는지 다정은 다 빠지고
독설만 얽혀 있다

근래에는 소문조차 찾아오지 못하게
탱자나무 울타리는 막아 버렸다

답장 없는 간찰(簡札)처럼 계절은 성급했다
무릎을 꿇고 들어야 하는 악필의 문장이 도착했다

각설하고

통증에는 그 어떤 구름도 없어
악필처럼 휘어지는 몸이 예의를 버리는 시간
몇 모금 악필이 첨가된 초오(草烏)탕은 몸 하나를 결박
하는 중인지 풀어 주는 중인지 영영.

배꽃을 불어 달을 본다

해 진 뒤 어두워 떠 온 한 대접 물에 배꽃이 떠 있다

잠결이 돌려놓은 고개 쪽으로 꿈이 깨어나곤 합니다.
숲은 이부자리마냥 밤새 버석거리고
대접에 우러난 배꽃 탕약(湯藥)엔 월백(月魄)이 환하여
똑똑 목을 딴 감국(甘菊)은 검은 구름만 받치고 있습니다.
머릿속에 물길이 빨라 고여 있으라 보내 준 날을 버리지
도 못하고 있지요

배꽃을 후후 불어 달을 본다

음화(淫畵)는 주름이 가득해서 세필(細筆)의 모(毛)가 몇
가닥 떨어져 있다
밤늦은 체위를 새벽에 본다.
지난가을 감나무 밑에서 보낸 몇 통의 척독(尺牘)은
붉게 터져 씨가 드러나 있다
드러난 길이 새벽 문 앞까지 왔다 가는 날이 어느덧.
길의 옆으로는 아직 냉기가 가득 피어 있다
담 안의 감나무는 두고 오래 바라볼 게 못되었었다

먼 곳의 저녁처럼 뚝뚝 잎이 지더니
근래에는 그 튼 살에 민망한 봄볕을 찍어 바르고 있다

지난가을 경박한 음화전(淫畵展) 열었더이다. 일족(一族)과 벗들은 야심에 다녀가고 문밖의 부끄러움들이 많았더이다. 그대에게는 차마 도록(圖錄)을 보내지 못하고 짧은 척독만 그것도 멀리 돌아가는 인사에게 인편으로 보냈더이다. 필선은 다 어디로 가고 무너진 데생만 넘칩니다.

동쪽으로 머리맡을 정하고 맨 먼저 흉몽(凶夢)과 음몽(淫夢)을 불렀습니다.
음몽은 그 어느 맨살도 데려오지 않았고
흉몽만 침소를 적시다 돌아갔습니다.

식목일

비닐에 싸여 마당 한구석에 보관된 어린 묘목
그림자를 가져 보지 못한 아이는 맨 몸으로 마당을 서성
이고

방 안에서는 의논이 분분하고

새벽 우물물 마시러 마당에 나왔다가 한참을 잡혀
묘목의 이야기를 듣는 내 그림자
발음도 없이 움트는 말들이 내 그림자에 흰 소름을 톡
톡 틔어 내던
난데없음이 몸에 나이를 주고 가던 시절
배꽃이 새로 배운 봄밤 하나를 툭 피워 내던, 앞뒤 잘린
나뭇가지가 잎을 톡톡 피워 내던.

배꽃은 제 그림자가 없는 꽃이고
배꽃이 피는 시절은 잎이 없다
바람에 지지 않는 꽃
제 환함에 놀라 떨어지는 꽃 배꽃.

다음 날 우리 식구들은 그 어디에도 나무를 심지 못했다. 다만 물오른 나무에 동생을 태워 보냈을 뿐이다.

밝은 것들일수록 그림자가 깊다
세상 어디에도 심겨진 적이 없는 나무의 그림자. 날짜를 따라 옮겨 다니던 어린 그림자. 마당을 떠나지 못하고 밤마다 칭얼거렸다

들뜨는 일요일 들뜨는 저 땅속의 것들
연두도 아닌 단지 흰 꽃의 시절에 멀리 간 동생이 있었다.

선풍기(禪風機)

　이발소 옥상 누가 선풍기 한 대를 모셔다 놓았다 필시
바람의 공양을 받으라는 뜻
　저 누추한 좌선이 부처를 불러왔을 것이다
　텅 빈 몸의 사찰에 바람 많이 드나드는 바람부처
　빈 화분과 폐품들만 가득하다
　폐품의 부처에게는 폐품의 진설(陳設)이 마땅할 것이다

　흰 연기를 풀풀 날리는 어디쯤
　눅눅한 아궁이라도 있어
　그 불 꺼질 만하면 풍로 돌리듯 허공에 도가 있다고 살
살 바람의 꼬드김을 듣는 중
　아무런 연결 코드도 없이 바람을 불러들여 노는 풍력
좌불(坐佛)
　온종일 그 속을 돌려 본다 한들
　꽃잎 하나 분분하게 하지도 못할 공력이겠다.

　씹던 껌을 그냥 물고 잔
　간밤 입에서 나와 머리통 뒤에 가 붙은 단물 빠진 내 수
행도 저렇겠다.

머리 기른 제자를 두지 않았듯
이발하러 들어가는 중생을 내려다보는 바람부처
먼 곳에서 찾아온 힘 빠진 바람 순례 객에게도 슬쩍 마음을 돌려 보여 주는
녹슨 후광까지 벗어 버리고
가끔 날벌레들로 생식도 마다 않는 저 만행(卍行)

몸의 그 어떤 버튼도 버린
오로지 풍력에만 반응하는
양쪽 그 어느 쪽으로도 마음을 돌릴 수 있는 풍법(風法)

전류를 끊어라.

서천에 노을이 붉다
바람부처가 공을 들인 것은 저 서천 아궁이에 노을 한 짐 활활 타게 한 것이 전부다.

침사 변 씨

중완(中脘)에 침을 맞고 돌아간 아이가 죽었다
침통에서 침을 고르듯 새들이 울음을 골라 운다.
채혈침을 맞는 처녀의 배는 그 어떤 발자국도 없이 흰
눈이 소복하다
갑자기 뒤란에 동백인 듯 앵두인 듯
붉은 꽃이 여러 송이 피었다
구전(口傳)에 체한 새들이 극극 대며 운다.
흰 솜으로 피를 닦아 낼 때마다 꽃잎들이 떨어진다.

침사 변 씨의 손엔 봄바람이 붙은 지 오래이다
꽉 막힌 의서에서 간신히 배운 한 줄의 봄바람.
의중을 떠나지 못하는 한 뜸 위치에
꽃들이 배어 나오는 솜씨
비린 꽃들을 피워 낸 손끝에
이젠 빈 봄과 봄바람만 살랑댄다.
나뭇가지 하나가 봄의 허공을 진맥하고 있다
처방은 언제나 흔들리는 그늘에 붙어 있으니

침을 놓은 자리마다

붉은 꽃들이 떨어져 있다

굽은 손이 꽃잎을 닦아 내는데, 아까운 흔적들

꽃들이 살았던 자리들만큼 아까운 곳들은 없다

체기가 가득하던 설한(雪寒)도 풀린 지 오래. 굳어 있는 것들을 유난히 잘 찾는 봄기운도 가끔은 쌀쌀맞은 얼굴로 돌아보는데 피를 잘 나게 하여 홍수(紅手)라는 호가 붙은 변 씨. 능숙한 홍매화 가지는 찌르는 곳마다 핏방울을 돋아나게 하는구나 중얼.

어디서 그늘이 부러지는 소리를 듣는다.

봄은 뜸 위에서 반쯤 타고 있다

아직 어린 봄, 중완에 침을 맞고 돌아간 아이가 죽은 아침.

물집

정인(情人)의 손 끝에 환한 달이 부풀어 올랐겠다.
못생긴 음(音)을 버리는 흰 달
팽팽한 밤길을 구부려 윗목을 비워 놨겠다.

긴 저녁의 줄을 문질러 가면 뭉쳐진 집이 그 끝에 있다
방 한쪽에 물의 집으로 앉아
휘어진 음으로 결박당한 구석으로 연주를 건너가 보고
싶다
서툴러 자주 미끄러지는 자정
달은 여러 번 떴다가 터지겠지
딱딱하게 굳어 불 꺼진 방은 만들지 않을 것이고
나는 조바심으로 환한 달을 손안에 넣고 호호 불겠지
오동의 속을 썩여 공명을 모셨으니
악취(樂臭)나는 탄식이 무릎을 치겠지

미끄러져야 음이 될 것.
둔한 부분이 더 둔해져야 할 것
소리의 껍질들이 벗겨져 나간 손가락 끝은 오랜 목숨 하
나를 누르고 있었다는 표정이고

이마에 굳은살처럼 핀 땀
손, 수건으로 닦아 내고 있으니

　낭자머리를 한 쪽진 악(樂)의 엉킴. 굳은살에 가득 들어 있는 습관. 달의 껍질이 몇 번 물을 버린 지점에는 주워 먹은 귀가 무거워 날지 못하는 새들이 가득하고 악금(樂琴)은 악공(樂穀)을 홀홀 뿌리고 있고.

화풍여울

누가 깨워서 이 봄날 화풍여울에 앉아 있는 것일까
꽃들을 보면 꼭 알람 시계 같다
나팔 모양으로 봄날의 한때를 불다 간다.
집요한 폐활량, 누를 때까지 일어나지 않는 시간
저 앞에서 달려와 꽃의 목을 조르는 몽(夢)

잠자는 가지를 깨운 시간이 구겨진 채 떨어져 있다
저 이명(耳鳴)에게도 그늘이 있어 날지 못하는 새의 후생
이 쉬었다 간다.
지나간 바람을 바라보는 운신(運身)
떨어진 바람이 시들어 간다.

꽃잎을 따는 시간
귀를 얻은 이번 생
몇 개의 소식은 올해 졌다

풍경으로 남은 것들은 다 소리의 화석쯤 되겠다.
한참을 나뭇가지에 앉아 소리를 다 비우고 날아가는 새
소리처럼 빨리 지는 낙화도 없겠다.

소리 없이도 울고, 소리 없이도 떨어질 줄 아는

머리 바깥이 무거워 떨어지는 저 단두

풀어헤친 것들을 여미다 바라보는 외부가 없음을 물끄러미 본다.

몸은 아직 잠에 들어 있고

화풍여울에 머리들만 데굴데굴 굴러다닌다.

저울

도화목 아래 넘친 무게들은 떨어져 있다
가지마다 공평한 유실
썩어 가는 것들은 오래전 먼 서역 어디쯤에서 엎어진 난
전(亂塵)출신들
무거운 관계들이 낙과의 지점을 고르듯
저 나무는 이른 봄에 꽃을 버린 지점과
바람 몫의 땅바닥도 이미 눈여겨보았던 터다

천천히 저울의 추를 옮기는 마음아
떨어진 마음은 벌레나 먹으라는 듯 토닥거리며 따가운
복숭아 분이나 바르고 있구나.
과실에 물든 붉은 서쪽을 보노라면 왜
한 번쯤 힘껏 후려치지도 못한 네 뺨이 생각나는지 모
르겠다.
복숭아 하나를 집어 들고
내 뺨에 옮겨 비벼 보는데
어쩌면 한 번도 붉어지지 않았던 까칠했던 네 뺨이 생
각나는지

봄이 잡아먹은 꽃피던 시절 건너가던 화무십일
교차지점이다.
온 내부가 온 외부를 가리는 일식 같은 것
떨어진 것들은 아무도 모르게 가려진 것들.

한쪽 가지의 주인은 다 떠나고
빈 객만으로도 무겁다
바람의 저울에나 한 시절 눈금을 박고 그 눈금에 어떤
무게의 표시도 얹히지 않게
흔들리는 추에 반짝 숨어 있겠다.

명년(明年), 저울의 눈금 자리마다 화농이 붉겠다.

괴로운 어둠

오래된 습관은 소등(消燈)을 하지 못한다.
언제든 일어나서 연결해야 할 문장을 벽에 박아 두고
그 마지막을 잡고 잠드는 것 또한 오래되었다
꽃 한 송이가 그림자로 피어 흔들이는 벽, 지지 못하는
저 꽃도 괴로운 어둠으로 피어 있다

잠은 어둠이 깊이 눈 감은 곳에 있고
넘어져서 울던 어둠이 무릎에 환한 피를 흘리고 있다.
내 꽃은 다만 수많은 색을 버리고 나서야 저처럼 한 송
이 어둠으로 흔들린다.

벽의 저쪽은 얼마나 밝은 곳이기에,
매번 그림자를 거슬러 주는지
늘 바람이 붙어 있는 저 나뭇가지는 누가 그리는 것이며
그림자 없는 생은 왜 없는지
언제부터 나는 어둠의 계원(係員)이었는지
그 많던 색은 다 어디로 갔는지

다만 벽화에는 한 동작만이 존재해야 오래된 기념물이

되고 너무 밝아도 그것이 어둠이 된다는 것을 최근에야 알
았다

그늘들이 무성해져서 어둠으로 변한다.
더듬더듬 어둠이 오는 소리
밤은 늘 있는 것이고
어둠은 뒤척이는 법이 없으니

벽에 손을 대 보면 가을이 깊다.
내가 꺾어 끌 수 없는 꽃의 그림자도 이제 슬슬 잎이 진다.

소름

소름이 돋는 일
경험은 정중히 죽음을 돌려보내는 일
소름은 죽음이 보내는 예견일 같은 것. 으스스 찬 기별
이 당신 몸을 뒤덮는 그 순간
내 그림자 위에 한 번 누웠다 가는 먼 기일(忌日)이 있다

창문이 몸을 열고 있다
누군가 다녀갔을 것 같다.

나무에 돋은 소름을 먹고 일가족은 죽었다
한기와 온기가 만나는 유일한 계절은 봄
무덤은 소름처럼 돋아난다.
저 관 안에는 소름들로 가득하다

오래전 죽음의 몸에서 나는 몇 필의 소름을 벗겨 왔다
바람이 휘어지고
먼지들은 또 어디서 흐릿한 저승의 풍경들을 벗겨 오는지
목덜미가 있는 것들에게

바람처럼 날카로운 칼이 또 있을까
지나간 자리마다 똑똑 떨어져 있는 칼자국들

어지러운 허공을 의자에 앉힌다.
아무것도 피어나지 않은 곳이 진짜 있다면
나도 내 몸에 소름을 경작하겠다.
다만 몇 번을 긁어서
그 붉은 흔적에다 씨를 뿌리겠다
그리고 목을 똑똑 따겠다.
씨앗으로 삼겠다.

발효의 귀

가장 밝은 어둠이란 가장 오래된 어둠이겠지요.

난청은 나무를 가두기에 좋은 재료일 것입니다.

수만 장의 귀가 다 떨어진 언덕의 내 정원은 조용합니다. 누구 못지않게 겸손한 어둠이지요.

소문이란 참 고단합니다.

작대기로 휘적거려 찾은 별에게 물어보니 지금은 나무들이 뒷짐을 지고 있는 시간이랍니다.

미모의 소문이 발효시키는 귀

서로 얼굴을 흔들어 이목구비를 따던 일이 생각나는군요

겨울용 외양간과 여름용 외양간에서 바람을 먹여 빈 계절을 기르듯

당신과 나는 평생을 어떤 귀로만 살려 하는군요

소문의 근처들이 머물면 귀는 허약해지고 말 것입니다

가려운 곳들을 긁으면

흰 비행운이 외줄로 쓸쓸하겠지요.

걷었던 소매를 근래에 와서 내리는데

접혔던 흔적엔 예의가 없군요.

소문을 따라가다 나는 영영 지워지고 말 것입니다

악담 기간에 저잣거리가 앉았다 가고

흐르는 것들은 아래의 얼굴로 늙어 가겠지요.

발효되는 풍속과 시속의 맨 마지막 어지러움에게 물어

보니 모든 귀들은 꽃의 얼굴로 몰래 진화하는 중이랍니다.

척독(尺牘)

지난봄에 기별한 그 봄기운으로 여기까지 악필로 왔다.
명년에는 단풍이 거꾸로 산을 넘어가고 있고 어느 호수 옆
의 공원, 잎 다 진 그 길은 끝을 구부려 훔쳐보기 좋은 모
퉁이를 만들었다.

풍경은 지나가게 두고 누런 접선만 남은 서화(書畵).

나무처럼 며칠을 바람만 긁다 접촉성피부염의 처방전을
읽고 있는 요즘
　속지 같은 말들을 맞아 두었던 닥나무줄기는
　돌의 흉터에서 구부러지고 있다

혐오라는 말끝에 공원을 지어 방치하려 한다.

귀 어두운 일족을 찾아다니며 여름에 맡겨 두었던 문장
에 대해 물었다. 악담의 철에 잃어버린 텅 빈 살구나무 그
늘과 남루한 옷소매에 묻은, 모처럼 목을 축인 새침. 낯을
가리는 화장술에 관해 물었다.

너는 고이 접었던 접지의 안타까운 선이었다는 것을 아
는지
누렇게 변하여 목질은 다 사라지고
누런 냄새만 남아 있는 끔찍한 접선

아껴 두었던 선을 펴자 서화는 이미 화재(畵材)가 다 잡
아먹은 뒤끝.

늙은 척독을 펼치면 관계는 다 사라지고 선이 녹여서
만든 호칭만 징그럽게 남아 있을 뿐,
선명한 접선만 질기다
바깥의 일들이 주인처럼 들어와 앉은 명년 추일, 우수수
떨어지는 화농의 색들.

흘리다 봄

이 혼절도 없는 봄날은 왜 헛소리 같은 이름을 자꾸 흘리게 할까. 길거리 한낮 꾸벅꾸벅 조는 점괘로 아무리 그 틈들 다 막아 보려 했으나 흘리는 것은 너도 나도 아닌 그저 저 공(空)인 줄 알겠는데 왜 자꾸 알 같은 무덤들을 불쑥 피워 낼까

버드나무를 유리 화병에 담가 놓고
햇볕에게 간간이 자랑하였는데
바람의 코끝은 어찌 저 내수의 걸음을 알았을까

초록으로 다 새어 나가는 봄과 놀다
피가 너무 일찍 돌아 지치는 내 허공이 몇 알 알약을 받아먹는데
왜 그것마저도 흘깃거리냐 말이다

내 몸에 객지가 없다면
나는 얼마나 좁을 것인가

봄날과 허공이 한 패를 짜고

가지에서 삐죽 나온 지난겨울이 한 패를 먹어 흔드는 봄
꽃잎들은 빈곳의 그늘을 덮는데
 닦아 놓은 저 장지에는 가묘가 들어서는지 푸른 것들이
돋아나는데
 그 어느 곳이든 펄펄 날리는 것들이
 객지 생활이라는 것도 알겠는데

 잠깐 흘린 이 낮 꿈은
 왜 입가에 꽃잎처럼 붙어 있느냐 말이다.

구름 치어

하늘을 들여다보는데 물속 치어들이 구름처럼 흩어지고
바람은 주름을 접었다 일순 펴지며 분다.

별처럼 꽃잎이 둥둥 뜬 작은 냇가

하늘엔 검었던 먹구름들이
어느 돌 틈엔가 다 숨어 버렸다
꽃잎 아래 흙탕이 숨어 있다.

마음속에 마음이 다 숨어 버린 내부, 들여다보면 숨어
버리는 생각이 화르르 타오르며 지는 마을
들여다보는 눈들이 꽃의 목을 조르고 있고 믿었던 어느
그늘도 제 그늘을 뒤집고 있는 시간
저 구름들은 분주하기만 할 뿐
물의 뼈들은 물살은 잡지 않는데
건드리면 흙탕이 이는 탁한 얼굴아, 언제쯤 내 얼굴을
씻겨 주겠니.

하늘 밖의 멍한 얼굴 하나 뭐가 두렵니

흔적도 없이 물에 물이 되어 숨은 것들아

때 이른 짜증으로 마음 하나 숨기지 못하는 이 멍한 얼굴이 뭐가 두렵니

어느 마음만 주름지게 했다는 때늦은 바람만 만발한 냇가

꽃잎 치어들이 많은 마을을 지나간다.

숨을 곳도 없이 눈길만 달고 다니는 어린 치어들

물 위에 써 놓고 온 낙서는 그새 돌 틈으로 다 숨었겠다.

창문을 눕히려 눈을 감는다

안 보이는 것들만 바쁩니다.
한낮을 위해 아지랑이는 땅속에서 몸을 휘고 있고
고로쇠나무는 피가 빨리 돌아 어질어질한가 봅니다
창문을 눕히려 나도 눕습니다.
추위를 딱 하고 끊은 것들,
이 봄 끊어야 되는 것이 어디 손끝의 구름만 있겠습니까.
나는 가는 길을 지울 테니
거기는 오는 길을 지우기 바랍니다.

3부 피크닉 트레일러

입춘(立春)

입(立)-

모자를 뚫고 봄이 튀어나온다

콕콕 찍는 지팡이 외발의 지명이 너무 멀다.

그 흔적마다 반쪽의 잎들이 심어진다.

흔적이라는 지명에는 그 어떤 중심(中心)도 싹을 틔울 수 없다

햇살이 자꾸 걸음 밖으로 통통 튕겨져 나가는데

뒤따라오는 저 늙은 반쪽의 가지는

자꾸 흔들리지 못해 안달이다.

피는 구름처럼 흐르다 돌아가고 기껏 강을 돌아 나뭇가지에 가려진다.

양쪽에 물소리를 끼고 걷는 길은 존재하지 않는다.

춘(春)-

남아 있는 왼쪽은, 왼쪽으로 고삐를 잡고 힘들다

무뚝뚝한 누군가를 옆에 끼고 걸어야 하는 길

어느 날 슬쩍 내 한쪽의 팔짱을 낀 타인, 나를 떠나지 않을 것 같았던 내 옆의 춘(春)
지루한 그림자가 나를 앞질러 간다
아지랑이처럼 구불거리며 내 말을 듣지 않는 봄
돌지 않는 물소리, 나를 흘러 돌아가는 얼굴
비틀어진 말이 나를 흘겨본다.

한 채의 봄이 느릿느릿 걸어간다.
넘어지면 물오른 저 지팡이도 새싹의 기미에 물을 끊을
것.

대길(大吉)—
봄이 빠져나온 곳은 길하다
한 번도 서 있는 그림자는 본 적이 없지만
등 밑에 그림자를 깔고 누운 사람을 뒤집어 본 적이 있다
이제 겨우 냄새나는 것들을 제 쪽으로 옮기던 그림자를
본 적이 있다
외출이 버리고 간 온몸을 본 적이 있다

몸이 많이 불어 있었고, 먼저 죽은 쪽이 먼저 바글바글 살아나고 있었다.

메리 여왕이 보낸 장지(葬地)

애도의 첫날엔 비가 왔다
너는 최초의 무덤 안에서 빗소리를 듣지 못했고 조곡은
느릿느릿 길을 걸어갔다
먼데서 오려던 입덧은 되돌아갔다
성운이 사라진 나무 밑에는 쿵 하는 소리만 여전했다

빈 벽이 많은 너의 집
아무것도 걸려 있지 않은 빈 벽의 방 바깥에서 여왕은
우울한 베개의 잠을 기다리고 있었을 뿐이다
퍼셀 경에게 땅속에 부장(附葬)으로 묻을 음악을 부탁하고
조용한 너를 재우고 돌아눕던 여왕의 병석이 막 하루를
지나고 있었을 뿐이다

애도의 둘째 날에는 한 심장이 한 심장을 쓸쓸히 쓸어
주었다
아주 큰 바람의 입구가 생겨나고 있었을 뿐
이미 죽은 이틀이 삼 일을 먹고 있었다.

시들어 가는 저 공(空)의 반짝이는 새싹들, 궁벽한 벽에

붙어 바깥을 환하게 비추던 방
　꼼지락거리는 저 빛들은 이미 생을 끝낸 것들이라는데
　뛰지 않는 심장 속의 심장
　걸어 나갈 수 없는 걸음의 태아
　아주 먼 곳에 있어 이곳까지 당도하지 못한 울음들아,
최초의 무덤에서 꺼져 버린 태명.

　애도의 삼 일째에는 메리 여왕이 보낸 장지(葬地)가 바람
에 빨려 들어갔다
　처음의 몸짓에 딱 맞는 관에 천천히 채워 넣은
　딱 삼 일 동안 멈추었던 심장은 어디로 갔을까

　심장은 몸을 관으로 평생 지내다 간다.

　조문객들에게 답례 서(書)를 쓰는 여왕
　(바람은 모든 흔들리는 것들의 관입니다. 日前 弔文에 감사드
립니다.)

예전 애인

몸 달뜨게 흔들리던 그늘은 다 졌다
금연의 날들에 고삐를 잠시 매어 놓고 가을에 나는, 붉
은 나무를 말아 피우고 있다
타들어 가는 붉은 이파리들
몇 평 감정에 새어 나오던 흰 연기의 묘목이 있던

누대의 모든 얼굴은 붉게 타던 시절이 있고
그곳, 그곳에 우리들은 시옷자로 모닥불을 피웠었다.
얼굴이 시들 때면
저절로 눈물이 흘러나와 싱싱해지고
허공에 쪽지를 적어 놓으면 허공이 읽곤 했다
어떤 눈물은 불을 끌 수도 있다
흰 연기가 흘러나오던 영정

붉은색 꽃들은 짜증을 내며 뛰쳐나가고 죽은 애인 대신
나무는 가을 내내 생리(生梨) 중이다
애인의 몸엔 왜 가임기가 없었을까

옛 애인을 생각하는 즈음에는 양귀비꽃으로 담근 술을

마셨다
　꽃의 그림자까지 다 털어 마신 후에야
　항공사진 몇 장이 병 속에서 숙성되고 있다.
　허공의 그림에는 구름이 없다
　너무 비좁았던 짧은 날들

　나무 사진 밑에 묻힌 예전 애인 단단히 뿌리 내리고 있
겠다.
　예전 쪽지를 펴서 읽으려는데
　구름이 번져 있다

왼쪽의 습관

습관이 있던 곳은 분주했던 부위라는 뜻
비스듬히 앉아 옆자리를 누이던 무릎의 달이 있는 곳
하지만 왼쪽은 손을 놓치기 쉬운 곳
밤이면 왼쪽의 풍치들은 다 날아가고 울음이 썩어 참을
성이 되는 곳
왼쪽부터 천천히 굳어 가는 파악들

헛구역질을 흘리는 흰 나무들의 들썩임.
한쪽의 습관을 천천히 풀어 버리듯 봄은, 흘리는 것들의
제철이다
불편에 기대었던 갸우뚱,
꽃송이들을 흘리는 나무들에게 물었다
고작 이 점파(點播)의 편애를 위해 기울어졌냐고

오른쪽 손가락을 떠난 셈이
왼쪽 손을 돌아오는 철
가성(假聲)으로 부르는 모든 노래에는 왼쪽의 후렴이 없다

한쪽의 고민으로 둥둥 떠오르는 그늘들

바뀌는 계절에는 바뀌는 의미가 적당하고

고개를 돌려 한쪽으로 꽃을 흘리고 있는 왼쪽의 습관

밑에는 너무 먼 곳까지 다녀 온 상상이 쌓여 있다

흔들린 불빛으로 수놓은 무늬의 달

밤새운 불안이 모여 있는 왼쪽의 습관.

피크닉 트레일러

— 벌판에 피크닉 트레일러 한 대가 나무에 묶여 있다.
나무는 벌판에 묶여 있은 지 오래, 저것들은 언제 사라진 피크닉들일까?

쓸모없는 그늘들이 잎을 녹슬어 가게 하고 있다. 정착은
몸의 한켠에 붙어 늙어 간다. 서쪽 하늘은 빗물 자국 따라
녹이 슬어 있고. 그동안 어떤 풍경이 운전해 와
　이곳을 버려두고 떠났을까
　바퀴 빠진 피크닉은
　바람도 없어 정차에 묶여 있고
　멀리 보이는 길은 비행운처럼 휘어져 있다

　소풍만 남겨 놓고 나무 밑 그늘돗자리들은 다 어디로
간 것일까

　주차된 피크닉에 묻어 있는 달리던 바람
　서로 들여다보는 창문
　떠나온 곳이 아니라 떠나온 것을 그리워하는 피크닉의
생활
　길의 끝에서 뭉쳐 오는 먼지를 바라보는 휘어진 길
　바퀴 자국을 깔고 자국에 묶여 있는
　서 있는 여행 중인 트레일러
　불도 들어오지 않고 블라인드만 쳐져 있는 벌판의 소풍

떠나고 싶다는 말끝에 한 번도
돌아온다는 말을 열어 주지 않은.

신생의 지명들, 나를 끌고 가 줄래

닫힌 왼쪽의 소리들이
열려진 오른쪽 창문에서 더 가깝게 들리는 계절, 걸리지
않는 시동은 먼 곳에 있고

꽁무니만 남아 있는 소풍
지도는 어느 나무에 매달려 곧 떨어질지 위태롭고 휘어
진 길은 바람이 지나간 흔적의 뒤를 따라간다.
벌판은 트레일러를 끌고 천천히 여행 중이다.

지난여름에 두고 온 일

해변가 상점에서 그때그때 달라지는 감정 두 개를 산다

분주했던 일출은 이미 다들 파해서 돌아가고 소금에 젖은 나무들만 밀려와 쓸쓸했다

환한 해변이 파도에 밀려온다.

여름이라는 기형을 보러 사람들이 몰려든다.

해송이 지키는 해변이 있고 그 나무의 씨앗들은 바다에서 밀려온 것들

오랜 시간이 지나서야 처음을 그리워하는 기형

파도의 주름에서 불어오는 기형의 바람

먼 시내의 아파트에선 배가 고픈 아이가 라디오 볼륨을 계속 높이고 있다

다정한 소리들은 다 아이를 속이기 위한 것

다정한 몇 마디만 남겨놓고 간 엄마는 어느 주파수에 있는지 파도 소리만 쓰쓰쓰 날 뿐

울음이 아이의 허기를 둥둥 띄우고 있다.

며칠이 지나면 아이의 영혼은 날아가 버릴 것이다.

참 다정한 이름의 엄마는 두 개의 감정을 들고 흐느낄 것이다

시외와 시내가 번갈아 감정에 다녀간다.

해변의 틈과 모래와 맨발 들이 주관하는 파티가 열릴 것이고

서커스 단원들이 술집으로 몰려간다.

그들의 은전(銅錢)에는 아슬아슬한 곡예가 새겨져 있다

피서지에 늘 여름을 두고 온다. 그리고 늘 그 모습으로 우리를 기다리는 여름, 그곳은 늘 여름만 있다.

나머지 계절은 쓸쓸하게 시내를 지키고 있을 뿐

아이는 이미 볼륨 속으로 날아가 버렸다

아이에 여름에는 스스로 만들고 스스로 참은 냄새만 가득할 뿐 아무 소리도 없다

서커스가 떠났다

엄마도 아이도 모두 떠났다

그 둘은 만나지 못할 것이다 쓰쓰쓰 거리는 주파수 속에서 영원히.

육손이

나뭇잎 한 장을 살짝 올려놓고 그것을 내 쪽으로 뒤집는데 나는 가만히 당신 손을 내려다보았지요. 늘 당신 근처에서 말을 매어 두고 극과 극을 왕래하는 풀들을 뜯게 했고요.

그런데 어제는 당신이 큰 도시를 다녀오고 엄지 옆에 있던 푸른 약속이 사라져 버렸군요. 살짝 바람이 둥근 액자속을 넘나들며 스스스 그 풍경들을 덮고 말았지만, 당신의 그 여분의 약속을 믿었던 건 아니지만 덧나지 말라며 고개를 돌리는 약까지 먹었군요.

약속이란 늘 앞에서 기다린다지요.
그러다 먼저 간 당신이 약속 앞에서 기다려 줄 때
그래서 늦게 도착한 나와 만날 때
그때 그 약속은 이루어진 것이라지요

모소족 처녀가 나뭇잎을 뒤집어
너무 가벼운 이별을 말하고
괜찮아, 나뭇잎은 아직도 많으니까. 노래를 불렀지요.

나는 밤새 울음으로 반주를 하다가

깨끗해진 당신의 손을 잡고 싶다가

떨어져 나간 당신의 여섯 번째 손가락에 붙어 있던 것들
을 생각했지요.

늘 여분의 약속이 더 있어 좋았던 당신

이제는 그 손가락으로 거짓말을 세고 있군요.

참 예쁘게 팔랑거리면서 말이죠.

꽃밭

몇 명의 장정들이 흰 꽃밭을 들고 와 불을 놓고 있다.
물기 없는 흰 꽃밭이 화르르 진다.

금방 붉은색으로 물드는 흰 꽃들
둘러선 몇이 손들을 내민다
꽃이 지는 순간이 이렇듯 따뜻하다니

꽃피듯 피어 있던 시절은 또 얼마나 따뜻했을까

조금 전에는 저쪽 산그늘 밑에서
검은 그늘을 뽑아내고 그 자리에 한 사람을 묻었다
더 이상 피워 낼 것이 없을 때 땅속에 심어지는 씨앗들
도 있다
지상에 없는 색색의 꽃들이 핀 그 꽃밭
보관 중이던 봉투에 쓰여 있던 꽃씨의 이름은 청춘

뽑혀진 그늘이 저만치만큼 물러나서야
사람들이 돌아간다.
그늘이 그들을 천천히 따라간다.

그 걸음에 붉은 허공이 가득 묻어 있다

지금은 모든 꽃들이 땅 속에 있고
그리움이라는 말은 푸르고
따뜻하다는 말은 붉다
말하자면, 이 두 말은 한 입에서 나온 말이 아니다.

나뭇잎이 떨어져서

나뭇잎이 떨어지듯 한 여자가 스르르 나무에서 풀려났다
냄새나는 그림자가 다 날아가 버리고
영혼은 그때서야 풀려난다.
며칠 무거웠던 나뭇가지는 제 것 아닌 다른 열매의 낙과
를 내려다볼 뿐이고
숨기 좋아하던 슬픔은 아직 도착하지 않은 나무 밑
제 그림자 위에 눕듯 반듯한 나뭇잎.
먼저 떨어진 푸른색 왼쪽 신발이 바람을 기다리고 있
었다.

모든 힘 다 빼고 흔들려 보았겠지
늘어진 가지에는 아직 힘 붙어 있는데
모든 힘 가지에 걸어 놓고 흔들흔들
하얗게 익어 갔겠지
세상에 걸어 놓았던 힘들은
다 온몸으로 옮겨 와 뻣뻣하게 굳어 갔을 거야
마지막 잠시 동안 주고 간다는 그 푸른 힘
그 힘으로 바삭거리며 말라 잎은 경직이 되어 갔을 거야

빼서 지붕 위로 던진 젖니 같은 여름
흔들려 빠진 나뭇잎
허공엔 영혼들이 나뭇잎처럼 날아다니고

한 남자가 오래 지붕 위를 올려다보듯 나무 밑에 서 있
었는데

후일 잎은 무성했고 그늘 또한 넓었으나
한 번도 흔들리지 않았다는 나무
먼지에 쌓여 지워졌다는 길옆의 그 나무.

폐광경(廢鑛景)

폐광 위 나무들의 초록에는 불붙은 불씨들이 섞여 있다

푸른 바람이 가득 들어 있던 목(木)
날아오를 듯 팽팽하던 초록이 빠지고 있다
광구의 입구는 단단히 묶여져 있고
오래전 허공으로 바뀐 내부는 산속에 둥실 떠 있다
나무들은 그 검은 바람을 천천히 놓아 주고 있다

지상의 모든 경전에는 사람이 만든 리듬이 있듯
주름은 가장 바깥의 리듬이다
가끔 텅 빈 경전을 읽고 가는 흔들림이 있다
한때 나는 검은 폐광들을 치료할 병원 건립을 위해 싸
웠었다
검게 변한 허파에서 구름이 피어오르고
넓고 검은 허공들이
땅속을 날아다니며 부풀어 오를 때의 일이다

땅에 묶여진 나무들이
고원을 점점 더 높은 곳으로 띄우고 있다

허공은 점점 안으로 넓혀 나가는 중이고

나무들은 풍선처럼 붉게 부풀어 올라 붉은 바람들을 다
떨어트리고 있다

나무들이 터진 자리에

조택(鳥宅)이 뇌관처럼 남아 있다

바람 빠진 흥부, 기침을 멈춘 기침의 장례식에 다녀왔다

붉은 감자밭

낯선 것들을 지나 온 바람은 차갑지
소주를 마시면서 엄마는 너무 쉽게 가을을 맞이했고
마을 소리는 한참 아래쪽에서 나던 때
나는 붉은 하늘 한 귀퉁이에서 감자를 캤지
밭고랑 여기저기에 몇 무더기의 감자를 캐 놓고 그것들
을 한군데 모으지 않은 채
그 하늘 밭 옆에 있던 집을 나왔지
엄마는 홀로 남겨져 이삭이 되고.

이삭만 잔뜩 젊어지고 뚱뚱하게 돌아다녔지
스스로 나와 빛을 본 것들 유난히 아린 맛이라고
푸른 척하며 돌아다녔지
몇 개의 배낭이 떨어져 쓸모가 없어지고,
어디서 잠들어도 하늘엔 이삭이 된 것들이 빛났고
그때는 나도 깊숙한 이삭이라고 정말 믿었다니까.

깊이를 가지고 있는 것들, 그 보이지 않는 것들 때문에
아무리 살살 파헤쳐도
감자의 몸에는 상처가 났지

철없는 엄마와 나는 그렇게 서로 감자를 캐 주었지만

지금은,

사다리 없는 하늘 밭에 이삭이 된 감자들이 철없이 빛나, 눈물의 배후가 되기도 하니까

그렇지? 세상의 이삭들인 엄마······

나무 여자

둥글게 파낸 나무속에는 축축한 여름이 가득했어. 나무는 제 속을 넓혀 그 속 가득 털도 안 난 딱따구리 새끼들을 키웠지. 아직 날개와 털에 힘이 붙지 않은 새끼들은 새가 아니어서 새새새였던가 그런 소리를 냈어.

뒤늦은 푸른 것들이 돋아나고
자주 신 풋것들을 먹어 대는 것으로 짐작했지
불러지는 배가 아니라
그 속으로 넓어지는 배를 잘 모르는 이도 있었을 거야
초경의 붉은 빛이
몸 안을 환하게 비추던 오래전 여름에서부터
나무는 속으로 그 둥근 집을 키웠던 거야
그 속으로 비밀이 스며든 거지
그 빵빵한 비밀은 쉿쉿쉿 소리를 냈던가 그랬어.

나무 여자는 바람의 길을 휘청거리며 걸어서 왔어
바람에 흔들리는 길을 천천히
속을 비워 냈는데도
오히려 속은 더 무거웠지

며칠이 지나도 어미 새는 날아오지 않았어. 처음에는 새
새새 소리가 나던 어린것들이 마지막에는 그 소리마저 다
먹어 치우고는 조용해졌지. 그리고 나무 여자는 텅 빈 둥
근 집에 들어가 낮잠을 자기도 하고 소문은 점점 헛배처럼
빵빵해졌대

  속으로 넓어지던 둥근 배를 가진 그 나무여자
  한때 딱따구리가 살던 그 나뭇가지에 걸려
  지금도 작은 바람만 불어도 휘청거린대.
  웅웅거리는 울음소리 비슷한 걸 내면서 말이야.

화장(化粧)

화장(火葬)이 화장(化粧)으로 변하는 것을 본 적이 있다
한평생 더러운 잠자리를 등에 붙이고 다닌
그이가 다시는 눕지 않겠다는 듯 웅크린 채 얼었다
살아서 편안한 자세는
죽어서도 편안하다
그 모양이 도라무깡통 안에 딱 맞았다
사람들 몇이 준비해 온 기름과 장작이 유일한 조의 품목

이제 막 유충을 벋나려는 듯
뜨거운 불길에 조금 몸이 풀리면서 펼치는 그
싱싱한 출발 자세,
화려한 변태
평생을 춥고 더러운 세상에서 인내한 뒤
붉고 푸른 화려한 불의 날개가 펼쳐지고 있었다.

누구는 이름이 관(官)이듯
저이는 도라무깡통이 이름인 듯 검게 그을린 껍데기는
화장(火葬)과 화장(化粧)이 다 끝나고
날개 끝에서 우수수 떨어지는 잿빛 분가루

한겨울에 더디게 탈피하던 등이 굽은 유충
몸이 바로 펴져 날아가 버리고
하물며 바람이 스며들어 키운 날개까지도 산산 흩어지자
한생을 턴 흔적들은 채 몇 줌도 되지 않았다

그 후 한참 아래의 물가에서 도라무깡통을 보았다
붉게 물들어 있는 색깔의 부화통.

누가 내 한기를 위해 다독을 덮어 줄 것인지

세숫물을 받아 놓고
머리를 긁으면 어떤 기억은 꼭 저 혼자 떨어진다.
녹지도 않는 것이 늘 덜그럭거리던 것이
꼭 소금쟁이처럼 물 위에 떠서 잡히지도 않는다.
가라앉지도 못하고 잡히지도 않는
가려운 가벼움
누군가 훅 하고 불면
흩어지는 한 마리 흔적

마른 것들만 허공을 나는
젖어서 평생 어떤 날들의 덮개만 될 것들이 있다
극과 극이 살고 있는 사이좋은 부위
너무 오래 떨어져 있는 그 한몸
다른 남자와 자고 온 애인의 몸에 붙어 있는 안쓰러워
보이던 마른 것들

사막을 여행하고 돌아온 계절
유난히 떨어지는 것들이 많다
누구는 한낮의 온도만 믿고 내 곁을 떠나갔지만

사막의 이불 같은

이 밤의 한기를 견디는 것은 그와 나나 같다

바람이 그 손바닥으로 사막을 쓰다듬듯

나를 다독였던 손바닥들이 이젠 가루가 되어 떨어지는
시절

누가 내 건조를 위해

허공을 빌려줄 것인지.

벚꽃 나무 주소

벚꽃 나무의 고향은
저쪽 겨울이다.
겉과 속의 모양이 서로 보이지 않는 것들
모두 두 개의 세상을 동시에 살고 있는 것들이다
봄에 휘날리는 저 벚꽃 눈발도
겨울 내내 얼려 두었던 벚꽃 나무의
수취불명의 주소들이다
겨울 동안 이승에서 조용히 눈감는 벚꽃 나무
모든 주소를 꽁꽁 닫아 두고
흰빛으로 쌓였던 그동안의 주소들을 지금
저렇게 찢어 날리고 있는 것이다

최근에 죽은 이의 앞으로 도착한
여러 통의 우편물을 들고
내가 이 봄날에 남아 하는 일이란
그저 펄펄 날리는 환한 날들에 취해
떨어져 내리는 저 봄날의 차편을 놓치는 것이다

벚꽃 나무와 그 꽃이 다른 객지를 떠돌 듯

몸과 마음도 사실 그 주소가 다르다
그러나 가끔 이 존재도 없이 설레는 마음이
나를 잠깐 환하게 하는 때
벚꽃이 피는 이 주소는 지금 봄날이다.

월하정인(月下情人)

엎질러진 그림자를 달밤이 섞고 있다

담벼락을 흘러가는 그림자
정인은 너와 나라는 사이, 그곳밖에 숨을 곳이 없다.
시절은 낡아 가는 담벼락의 채색으로나 길 밝히고 있으
니 등을 들었다 한들 돌부리만 일렁인다.

한밤 구두 소리만 골목을 돌아간다.
달은 지고 있고 정리(情理)는 아직 초저녁이다
세상의 불일치가 어두워 정인을 이곳까지 더듬었으니
큰길에는 실눈이 왕래하고 어둠은 골목을 둘둘 말아 간다
어디 가까운 어둠이라도 있으면 다정하게 다니러 가든가
아니면 빌려 올 텐데
큰 밤의 초입은 늘 어색하여 발바닥에 숨은 길은 자정
이 뜯겨 나가기 일쑤다.

저 달 다 썩고 나면 하늘엔 검은 낮이 깊어 가겠다.
가장 밝은 달도 옆을 스쳐 갔고 가장 어두운 골목의 담
벼락도 옆에서 늙어 가니

어두워 상봉 못하는 한낮에만 등불을 켜고 환한 대낮이나 혹은 소문을 밝히며 기다리다
어두운 척 화약 몇 짐 지고
소문의 입으로 들어가 산산 터질 텐데

깨끗한 기약이 꽃의 잎을 뜯어 갈 뿐
마음 놓고 피어 있는 어둠의 빈 화단에는 능소화 눈먼 꽃말이 길을 고르고 있고
날이 새면 제 발밑의 어둠이나 들추겠지

두 그림자가 아무리 맞절을 한다 해도 신방의 창호를 얼룩지게 하지는 못하겠지
어느 마을에 실종으로 놀러 갈 수도 없겠지

달빛에 정리(情理)가 숨는다.

망가진 구름

망가진 것들이 쉴 새 없이 흘러나온다. 느티나무에 구름
이 걸린다.
물방울이 떨어진다.
떨어지는 것들의 무게에는 다
계절이 붙어 있다

장롱 문짝은 여름을 잃은 봄 같고
아이는 속력을 이기지 못하고 차에 치였으며
느티나무 가지에서 사람들은 후드득 떨어져 출근을 하
거나 시장을 보러 가고
파릇한 잎이 사철로 돌아났으며
모르는 얼굴이 지나가면
느티나무 가지를 올려다보는 늙은 상점이 있는

골목 입구
끊임없이 망가진 것들이 쌓여 있다
드나드는 입구는 버리기 좋은 곳이며
구름의 한때와 지구를 돌렸을 슬리퍼 같은
일회용품 같은 얼굴들이 앉아 지나가는 시간을 간섭하

기도 좋은 곳이다.

　바람이 불고 저 느티나무 그늘들이 망가지면서 다 어디로 흘러가는가. 망가진 것들이 쉴 새 없이 쌓이고 골목과 골목 들이 질질 흘리는 망가진 것들. 점점 망가져 가고 있는 골목들
　망가진 구름은 후드득 그 일생을 떨어트리고
　느티나무는 또 새순을 응애응애 피워 내고.

독설

— 눈과 귀는 한길을 왕래한다고 한다. 입은 지름길이고 먼저 건너간
말[言]의 등에는 삽날이 찍혀 있다고 한다.

내게는 누군가의 말을 선해서 듣는 병이 있다

아직 돋아나지 않은 그 말을 먼저 모셔오듯, 먼저 꾀어
내듯

내가 내게 먼저 건네는 독설

허공에도 층층이 있어 저마다 듣는 바람의 소리에 높이
가 있다

땅에 내려놓은 반신은

멀리서의 으스스함을 먼저 알아차린다.

개미는 아침을 건너 비를 피했으며

독설이 생기기 전 마른 잎에는 그 어떤 침도 고이지 않
았다

모든 선험은 독설의 후렴

제각각 후미가 있듯

나는 내 말의 후미를 바라본다.

먼 곳의 우기를 알아차리는 뼈들의 마중
어떤 습기가 잎을 건너 저 뼈들을 설레게 했을까
뒤늦은 몇 번의 빨래가 젖듯
흠뻑 젖어서야 잠드는 뼈들
깃들 수 없는 몸에 붉은 독이 마르고 있다

저가 흔들릴 허공을 마련하지 못한 뼈들이 쉽게 부러지
고 있다
몸속의 뼈들을 한 번씩 휘어 본
등 굽은 말(言)이 건너가고 있다
내가 업힐 수 없음으로 내가 업고 가는 강 건너
한 번도 가리키지 않은 말들이 기다리고 있다

마취

마취에서 풀린 꽃들이 피어난다.
　고통이 없을 것 같은 저 몸들, 고통 없는 것들의 짝이 되
고 싶을 때도 있다
　어느 생이든 한철 마취에 만취해 살고 있는 것
　몸의 구석들이 몸을 뒤집어
　내가 차릴 정신을 찾아 두리번거리는 것

　모든 나사들이 풀려 온몸을 헐어 내는 목련
　흔들어서 환한 죽음을 스스로 털어 낸다
　온몸이 헐거워진 것들이 모여 있는 병원 마당, 흰색을
다 털어 낸 나무만이 푸른 계절을 산다.

　온갖 색깔로 마취된 꽃들이
　소리를 지르며 옮겨 다닌다
　오래 제 그림자를 깔고 앉아 있는 마취
　색을 거두어 그늘을 만들고 있는 것들
　마취되지 않고는 계절과 계절 사이를 건널 수 없을 것
이다

일찍 꽃 피어난 것들의 짙은 그늘 밑으로 몽환(夢幻)기 가득한 여학생들이 깔깔대며 지나간다.

흰색이 오래 덮고 있는 마취를 본다.

봄의 시기를 확인하러 천천히 흰색을 걷어 낸다

모든 봄이 다 다녀간 얼굴이 환하다

구부러진 것들

오후가 되면 저녁이 내 쪽으로 휘어져 온다.
바람이 퍼지듯 내게 불어오고
나무들은 빈 길을 흔들어 구부리고 있다
가령.
차 열쇠를 하수구 틈에 빠트리고 주변의 구부러진 것들
을 찾을 때가 있다
녹슨 철사를 들고 몸을 구부리는 일
차 열쇠를 어느 틈에 빠트리듯
한때를 어느 틈에 끼워 놓고 찾을 때가 있다

휘어진 내가 다만 낭창 펴진 것뿐이라고
점점 구부러지는 동안
처음의 길이 곧 뒤돌아 가는 길이라는 것을 알게 되지

구부러진 음파를 반듯 펴는 첨탑의 역할이 다시
구부러진 말을 만들어 내는 것처럼.
어느 지점까지 따라오다
등 뒤의 풍경이 되는 것들을 기억해 낼 수 있는 것처럼
모든 울음이 다 휘어져 있는 것처럼

어설프게 구부러진 그 끝에 아슬하게 걸려 있는 날들
끝과 끝이 닮아 있는 것은 되짚는 것밖에는 달리 없다
는 것.
점점 무뎌진다는 것.

저 먼 곳까지
위태하게 뻗어 나갔다가 다시 내게로 구부러져 돌아오
는 생.
그 안온한 끝이 다시 처음이라는 끝과 만나서
서로 터지고야 말 접점.
마중의 날도 귀로의 날도 서로 닿는 순간 사라진다는 것.
결국 끝과 끝은 만나지 못한다는 것.

저 구부러진 길 위에서 구부러진 지팡이를 짚고
다 구부러진 할머니가
마지막 쓸모를 쓸쓸히 견디고 있는 중.
모든 마지막은 중간쯤이라는 것이지

늙은 아이

겨울 동안 돌지 않은 선풍기 날개에 악착같이 들러붙어
있는 바람의 때
분쇄의 망명지가 고작 끈끈한 흡착이라니.

세상에 처음 나왔다는 아이가
전생의 부모들을 찾아가는 다큐멘터리를 본다
마을과 친척들이 아이의 기억에 끈끈히 붙어 있는
바로 옆 마을에서의 멀었던 한생
그 생이 끝날 때마다 벌이는 봄날의 대청소와 같은.

그러나 생각해 보면 세상의 모든 아비는 아이의 전생이
아닐까.
수컷의 몸에서 다시 암컷의 몸을 경유해
다시 이곳으로 나오는 회귀성
어미의 배 속에서 한생 헤엄치며 살다
먼 길을 돌아 공기의 숭배자로 다시 돌아오는
이미 늙은 아이들
만삭에서 다시 팽창의 세계로 여행하는 승객들.

바람이 불고 사자(死者)의 흰 가루들이
자지러지듯 울며 불려 가는 또 어느 곳
다만 바람의 날개에 악착같이 붙어 살 그곳의 생.

그러고 보면 우리는
너무 먼 곳의 환생만 이용해 온 것이 아닐지.

검은 돌 흰 돌

나무 밑 검은 봄볕은
날아갈 준비를 하고 있는 듯 가끔 흔들거린다.
봄은 그늘이 눌러놓은 돌 같다
어느 해 저 돌들로 우리는 고누를 두었었지
봄볕에 놓이는 돌
날아갈 듯 흔들리는 바둑판 위로 자꾸 소매가 닿았지
불룩한 건너편, 빈자리에게 돌을 쥐어 주고
소매에 불룩한 바람을 넣고 날아가니 좋은가?

아직은 추운 물소리를 빌려 와 긴 초를 재고
동백의 목을 잘라 몇 집을 더 만들어 놓고
그 안에서 스스로 시드는 봄
어둑한 저녁에
붉은 꽃들이 떨어져 단수(單手)를 친다.

검은 구름과 흰 구름이 번갈아 다녀가는 하늘
그때마다 검은 돌과 흰 돌이 떨어져 벌판은 그득해지고
흰 손바닥 같은 구름이 걸려 있는 쓸쓸한 부위
다정(多情)인듯, 아픈 부위인 듯

흰 구름 붕대인 듯.

검은 돌을 물에 던지면 겨울
흰 돌을 물에 던지면 곡우가 찾아 왔다

모든 그늘의 성분은 아교의 접착력이고
깔고 앉은 맹지(盲地)에는 길에서 먼 초록들이 제격일 것
이다.
떨어진 동백의 목, 씨앗은 미끄럽다.
열매들은 후일(後日)로 바쁘고
그늘은 버리고 연못에 꽃을 던져
흐르는 고누를 혼자 둔다.

리장

인근에 벚꽃이 만발하다. 차(茶)에 푸른 물빛 귀신이 살고 나는 그 귀정(鬼情)이 그립다. 물소리를 따라 걷는 수로, 발목에 고이는 지명들이 첨벙댄다.

자주 돌아보던 물소리들은 이 밤 호수에 고인다.

바짝 말랐던 꽃잎들이 메아리도 없이 물소리에 뛰어든다.

배낭에서 우의들이 빗소리를 내며 앓는다.

가임기가 아닌 날씨에게 애인의 인상착의를 묻는데, 물소리의 중간에서 기다리라는 말

대문에서 삐걱거리며 늙어 가는 요염

끊긴 빗소리가 부푸는 처마 밑에서 눅눅한 일정의 머리라도 감길까 궁리하다

어느 성(城)의 억양을 빌려

다시 말을 주고받는 사이나 될까

달이 모여 있다는 하류, 달이 고이지 않아 늘 어두운 수로

어느 지명을 빌려 기다리는 지점이나 될까

비상으로 들어 있는 이름으로 한 며칠 굶을 수도 있겠
다 싶어 식욕은 어슬렁거리는 나시족 봄볕에게 주고

우리는 늘 인근(隣近)이어서
가까운 소리를 멀리 가서 버리는 계절
탁경(濁鏡)처럼 흐릿한 벚꽃이 분분(紛紛)

화농(化膿)의 계절에서 온 편지

어쩌면 말릴 수 없는 개화들은
화농이 가장 심할 때라는 것
길을 잃은 골목이 가지를 휘청 휘게 만들고
라일락, 라일락 그 냄새나는 음률은 네가 만들고
네가 흔들릴 바람이다.

　　　　　　　　　　　　　—「단장(斷腸)」에서

만춘(晩春)의 만사(輓詞)

어느 날, 만춘(晩春)을 동여맨 편지를 받았다. 고양이 꼬리에 먹을 묻혀 쓴 것인가, 꼬리털이 듬성듬성 묻어 있는 편지는 만개한 꽃들이 그림자만 남기고 사라져 가는 계절을 담고 있었다. "채마밭이 딸린 마당이 백이십 페이지 분량으로 묶이고 떨어진 꽃들을 주워 마침표로 사용"(「묘(猫)의 방식으로 집필」)한 이 편지에 담긴 문장은 읽어 가는 것이 아니라 만지고 듣고, 그리하여 결국에는 떠올려야만 하는 것. 난간에 모로 누운 고양이의 까닥거리는 수염을 따라, 살랑거리는 꼬리를 따라, 그 끝에서 나오는 말들을 따라 비로소 나는 그대의 계절에 도달한다.

그대의 문장이 늘어놓은 이러한 풍경 "햇볕은 난간을 지나가고 검은색에 흰 털이 듬성듬성 박힌 봄, 또래가 없이 꼬리를 끌고 다니는 스프링의 몸통. 거만한 간격의 줄거리가 낱장으로 울어 대던 봄밤."으로 나는 다만 그대의 계절을 짐작할 뿐. 마지막 꽃조차 천천히 떨어지는 나른한 봄, "채마밭은 훼손되었고 배추흰나비들이 읽다 만 페이지처럼 접혀" 사라져 가는 계절이 내게로 도달했다. 그대가 있는 백 리 밖에서.

"벚꽃 나무 하나가 산산이 부서져 날리는 저 꽃잎들"(「적란운 — 가와바타 야스나리풍으로」)이 도처에 흩어져 있는 이 계절은 "떨어진 꽃잎들이 제 방향을 서로 교환하고 있는 사이"에 한장씩 날아가 버린 늦은 가을(「자살하는 악기」)이기도 하고, "가지도 없이 흔들림도 없이 그늘도 없이 수백 송이의 꽃을 피워 놓"은 한겨울(「견족(犬足), 꽃」)이기도 하여 사실은 봄이라고 여기기는 어려울지도 모른다. 그러나 이 계절은 끝나면 여름이 오고, 겨울이 지나야 시작되어서가 아니라, 오직 꽃이 진다는 점에서만 봄인 계절이다. "선 채로는 통곡에 이르지 못해 서 있는 나무들/ 늑골과 늑골 사이에" 고이고 고이다가 "다 마르면 뚝, 하고 떨어지는" (「봄날, 꽃이라는 눈물」) 눈물과 같은 "개화"가 절정에 이른 때이기 때문에 봄인 계절, 살아 있는 것들이 자기의 생명을 끌어올릴 대로 끌어올려 그 정점에 이를 때 터져 버리기 때문에 봄인 계절. 결코 말릴 수 없는 개화들을 속절없이 지

켜보아야 하기 때문에 봄인 계절.

박해람의 두 번째 시집인『백 리를 기다리는 말』은 꽃이 만개하여 지는 계절을 담은 시집이다. 꽃이 무르익었기에 만춘(滿春)이되 꽃이 이미 다 졌기에 만춘(晚春)인, 어쩔 수 없이 피어나 허공에서 흔들리고 결국에는 분분히 떨어지는 이 지상의 모든 존재들, 죽음의 장 위에서만 찬란하게 빛나는 이 환한 날들이 충만하게 담겨 흔들린다.

『낡은 침대의 배후가 되어 가는 사내』(문예중앙, 2006)에서 그는 '개화하는 존재들'이 내는 소란스러운 소리에 귀를 기울이고 있었다. "흔들리는 법이 없는 나뭇잎/ 바람이 불고/ 그 동안 잎을 흔든 것은 바람이 아니라/ 스스로 한생 흘러가는 마른 것들의 소란스러움인 것"(「구름 나무」,『낡은 침대의 배후가 되어 가는 사내』) 이라 할 때, 이 모든 것들은 소란스러운 소리를 통해서만 자신의 존재를 증명하고 그에 따라 죽어 가는 것들이었다. 삐걱거리는 소리를 내는 "낡은 침대"(「낡은 침대」)였던 것, 두 번째 시집에서는 스산한 바람을 배경으로 흔들리던 이 존재의 마지막 소리가 사라지고 있다.

모든 존재의 마지막 소리가 삐걱거림이고, "어떤 소리도 내지 못했던 것들에게서/ 소리가 난다는 것은 그 속에/ 한 세상이 생겼다는 뜻일지도 모른다"(「싱싱한 삐걱거림」,『낡은 침대』)면, 소리가 사라진다는 것은 그 한 세상이 소멸한다는 것이 아니겠는가. 이 세계는 "소리들이 풀어지는 허공의 골목들."(「오르골」)의 세계, 죽음의 장(場)이다. "소리 나지 않는 것들을 다음 생에게로 슬쩍 뚜껑을 다시 덮어 주"(「오르골」)어 애도하는 것만이 남겨진 유일한 만사(輓詞)다.

그림자만 남겨 놓고 사라지는 계절에 내가 마지막으로 할 수 있는 일은 다만 그대가 보낸 편지를 읽을 '때'를 놓치지 않는 것. "무분별 암호들이 적힌 춘서(春書)는 다 읽을 시기가 있는 법, 때를 놓치면 번져 흐릿해진 문장들이 뚝뚝 지고"(「척독삽입춘서(尺牘揷入春書)」)말기 때문이다. 그리하여, 흔들리는 가지를 따라 같이 휘청이고, 이 모든 죽음의 장을 붙잡는 것. 가장 정확하고도 사실적인 실경(實境)을 그려 내는 것, 이것만이 유일한 애도의 방법이 아니겠는가.

암흑의 실경(實境)

실경(實境)이라 했으나, 그것은 말 그대로의 의미로 '진실한 경지'다.* 가짜이거나 상상된 풍경이 아니며, 과장된 감정도 아니다. 있는 그대로, 보이는 그대로의 풍경과 감정을 가리킨다. 풍경을 대상으로 한다면 실경(實景)이 될 것이니, 실경(實境)의 미학이란 사실주의에 근거하는 것이다. 눈에 보이는 대로 대상을 드러내고, 가슴에서 나오는 대로 자신

* 안대회, 『궁극의 시학 ─ 스물네 개의 시적 풍경』(문학동네, 2013), 479쪽.

의 감정을 표현하려는 창작상의 노력을 가리킨다는 옛 해설에 비추어 본다면, 이 시집에 충만한 만춘의 풍경은 전혀 '사실적'이지 않다. 예컨대, 이런 것.

> "저 달 다 썩고 나면 하늘엔 검은 낮이 깊어 가겠다./ 가장 밝은 달도 옆을 스쳐 갔고 가장 어두운 골목의 담벼락도 옆에서 늙어 가니/ 어두워 상봉 못하는 한낮에만 등불을 켜고 환한 대낮이나 혹은 소문을 밝히며 기다리다/ 어두운 척 화약 몇 짐 지고/ 소문의 입으로 들어가 산산 터질 텐데"
> ——「월하정인(月下情人)」에서

서로를 만나지 못하는 연인들이 서성거리는 밤의 골목에는 달빛만 내리고, 시간이 지날수록 달은 이지러져 사라지니 골목의 어둠은 점점 깊어진다. 그러나 밤이어서 어두운 것은 아니다. 서로를 만나지 못하는 시간은 그들에게 가장 깊은 암흑이니, 사실은 만나지도 못하고 만나지 않지도 못하는 낮의 시간이야말로 진짜 암흑이 아니겠는가. 그러니 달이 떠 있든 사라졌든 두 정인에게 남겨진 유일한 시간은 하염없이 어두워지는 "검은 낮"의 시간일 뿐이다. 어차피 밤에도 낮에도 만나지 못할 운명이라면, 차라리 밝은 대낮에 이 금지된 관계를 터뜨려 산산히 부서지고 싶을 뿐이라는 절망적인 마음을 대신하여 달은 썩어 간다.

그러니 이것은 마음의 풍경이다. 그러나 도대체 누구의

마음의 풍경인가. 골목을 서성대는 정인의 마음인가, 이 정인을 보는 화자의 마음인가. 근대인에게 풍경이란 결국 자기 마음의 객관화다. 자기의 눈에 비치는 세계만이 객관적이라면, 그 객관성은 자기의 감각에 근거한다는 점에서 가장 주관적인 것이다. 세계가 거기에 사실대로 있음을 증명하기 위해서, 사람은 자기의 눈의 객관성을 증명해야 한다. 풍경을 발견하는 자기 자신의 내면이 여기에 원래 존재했던 것처럼 믿는 것, 그것은 결국 그 풍경의 의미화에 이어지고 풍경의 의미화란 자기의 의미화다. 그러므로 우리는 썩은 달과 어두운 밤을 정인들을 바라보는 화자의 안타까운 마음의 풍경으로 읽을 수밖에 없다. 우리는 이미 근대인이라 이 모든 세계의 풍경은 '나의 풍경'이자 '나만의 실경'이기 때문이다.

그러나 이 시에서는 그런 시선의 중심점이 나타나지 않는다. "엎질러진 그림자를 달밤이 섞고 있다// 담벼락을 흘러가는 그림자"의 풍경은 화자의 것이었다. 그러나 달밤의 풍경은 화자와는 관계없이 정인의 마음의 고조로 변모한다. 화자 자신이 정인인 것인가, 혹은 정인을 보는 사람인 것인가 혹은 정인을 보는 사람을 그린 그림을 보는 그림 밖의 사람인 것인가. 마치 너무 오래되어 낯선 옛 그림처럼 이 시집에서 풍경은 그렇게 우리 앞에 던져진다. 해석이 불가능한 것으로서.

삼일장 동안 집집마다엔 누런 물소리가 가득해서 목이 다 쉬었다. 한 밤 물길을 끊으려 둑길에 나왔다가 이미 흘러간 끈을 감으러 따라간 귀를 기다릴 뿐이다

귀 없는 검은 돌이 오래 앉아 있다
구불구불 오래 흘러갈 끈

허공의 편도에 어두운 구름이 후진으로 산을 넘어간다.
낡은 음식들도 다 바닥나고, 슬픔 같은 건 이미 다 상했다
불 꺼진 꽃을 꺾어 가는 사람이 있고
열 개의 발가락이 다 젖어 있다
　　　　　　　―「화무삼일홍(花無三日紅)」에서

처음에 화자가 본 것은 아마 이런 풍경이었을 테다. "바람이 불고 조등이 흔들린다./ 어느 상가에서 북적이다 가는 중일까/ 여름비에 꽃 조등 다 떨어져 있다" 어두운 거리에 조등만이 희미하게 불을 밝히고 있다. 조등이 걸려 있다는 것은 상중이라는 터이니, 아무리 어두운 밤이라도 애써 슬픔을 감추는 왁자한 웃음소리와 곡소리와 뒤섞여 왁자하게 북적대는 빛이 문 안에서 새어 나오고 있을 것이다. 그러니 "바람이 불고 조등이 흔들"리는 풍경은 실경(實景)이다. 그런데 화자가 이 흔들리는 조등에서 보는 것은 높아지는 물소리와 그를 따라가는 귀다.

아마도 누군가가 죽었고, 그 때문에 삼 일 동안 이 마을에선 곡소리가 끊이지 않았나 보다. 그러나 '나'는 다만 물소리만 듣는다. 하루 종일 오는 여름비에, 몇날 며칠 끊이지 않는 장마는 당연히 마을을 흐르는 물을 붙게 하고 거세게 하여, "물의 소리만 키워" 놓는다. 끊이지 않는 비에 늘어난 물일 뿐인데? "한 번도 끊어진 적이 없는 긴 끈 같은 물소리"는 이 마을에 잇다르는 죽음과 그에 대한 슬픔으로 '나'에게 들린다. "긴 끈 같은 물소리"라 했으니 "흘러간 끈"이란 물소리이고 이 물소리를 따라가는 귀란 이 슬픈 울음에 이끌려 이 울음 속으로 빨려 들어가는 살아 있는 자들일 것이다. 그러니 "한밤 물길을 끊으려 둑길에 나왔다가 이미 흘러간 끈을 감으러 따라간 귀를 기다릴 뿐"이라 할 때, '나'가 끊는 것은 붙어나서 둑을 위협하게 된 물인가, 끊기지 않은 슬픔의 과잉인가.

'나'가 보는 실경(實景)은 그런 것이다. 오랜 장마에 붙어난 물과 물이 가득찬 마을과 물소리가 담고 있는 사람의 슬픈 운명. 죽은 자들을 애도하다 또다시 죽음에 이르니 죽음은 또 다른 죽음을 불러온다. 물소리는 그것에 귀를 기울이는 귀를 불러 가고, 물소리가 높아질수록 이 물에 빠지는 귀도 많아질 것, 이 죽음과 슬픔의 연쇄는 이 마을을 삼켜 가는 물의 깊이로 나타난다. 그러므로 이 마을을 건너가는 사람의 발은 물에 젖을 것이다. 발은 타인의 슬픔에 젖은 것이지만 동시에, 그 자신이 역시 그 마을의 안에 있다는 점에서 자신의 슬픔에 젖은 것이다. 이러한 풍경은 전혀 사실적이지 않다. 그러나 그것만이 진짜 풍경(實境)이다.

"열 개의 발가락"에서 진짜 풍경이 나타난다. 인간의 운명과 슬픔, 그리고 그에서 벗어날 수 없는 나 자신의 운명까지도 한꺼번에 드러난다. 다만 그것은 "발가락"일 뿐인데 그 너머의 다른 풍경으로 우리를 향하게 한다. 이 시인은 슬픔을 대신하여 물소리를 묘사했고, 이 모든 수사학적 슬픔의 장면 속에서 단 하나의 환상인 "열 개의 발가락"을 제시한다. 이 시의 실경을 만들어 내는 중심이자, 실경이 수렴되는 소실점이다. 이 발가락을 보는 순간, 나 역시 젖어드는 깊은 물의 한가운데에 놓인다. 죽은 자들에 대한 슬픔과 애도가 나 자신의 운명으로 되돌려지는 순간, 나 역시 이 마을을 젖은 발가락으로 걸어가는 자가 된다. 이 죽음과 슬픔의 연쇄의 장 속에. "겉과 속의 모양이 서로 보이지 않는 것들/ 모두 두 개의 세상을 동시에 살고 있는 것들"(「벚꽃 나무 주소」)이 드러나는 장소는 바로 여기다. 그러므로 여기는 경(境), 객관적인 풍경(景)과 주관적인 마음(情)의 경계가 아니라 이쪽의 세상과 저 너머의 세상이 만나는 바로 그 경계 지점이다.

위험한 형용(形容)

그러니 우리는 열 개의 젖은 발가락을 보았을 뿐인데, 혹은 하늘에 떠 있는 썩은 달을 보았을 뿐인데 순식간에 이 풍경 속으로 삽입된다. 풍경과 마음의 사이, 나와 너의 사이, 이쪽의 세상과 저 너머의 세상이 만나는 바로 그 경계 위에 서 있음이 확인된다. 그러니 우리는 수취불명의 주소를 가진 벚꽃 나무인 것, 두 개의 세상을 동시에 사는 벚꽃 나무의 주소지에 위치해 버린다. 우리의 몸에는 "보이지 않는 곳의 상처들은 다 독과 같은 이빨에 물린 것들이어서 그때 한 번쯤 죽은 것들이어서// 연보랏빛 문신같이 몸에 남아 있는 것들"(「흑점」)이 찍혀 있어, 그것은 우리가 여기에 '잘못 존재하고 있음'을 가리킨다.

우리는 너무 위험한 편지를 받았다. 박해람 시의 수사학적 차원은 우리에게 일종의 존재론적 위기를 환기한다. 말하자면 '결코 지워지지 않는 보랏빛 멍'은 내가 어떤 뒷면의 존재의 그림자로서만 여기에 있음을 가리킨다. 지금 여기 위치하는 나란, "봄이 잡아먹은 꽃피던 시절 건너가던 화무십일/ 교차지점이다./ 온 내부가 온 외부를 가리는 일식 같은 것/ 떨어진 것들은 아무도 모르게 가려진 것들."(「저울」)에 지나지 않는다는 것. 내 발밑의 낭떠러지를 환기하는 그것, 이 아슬아슬한 교차지점에 어른거리는 그림자만이 나의 존재의 진짜 형태라는 것.

그러나 그것을 우리가 어떻게 말로 묘사할 수 있겠는가. 자기의 그림자를, 자신의 어둑한 실존을. 우리는 다만 우리의 그림자를 우리의 암흑을 묘사함으로써 위험에 처해 있음을 드러낸다. 우리의 언어로는 불가능하므로, 벼락처럼 다가와 나를 구멍에 밀어넣는 언어를 기다리는 것. 그것은 전해진다는 점에서 말이지만, 언어로서의 어떠한 기능도 하지 못한다. "저가 흔들릴 허공을 마련하지 못한 뼈들이 쉽게 부러지고 있다/ 몸속의 뼈들을 한 번씩 휘어 본/ 등 굽은 말(言)이 건너가고 있다/ 내가 업힐 수 없음으로 내가 업고 가는 강 건너/ 한 번도 가리키지 않은 말들이 기다리고 있다"(「독설 ─ 눈과 길은……」), 오직 나를 떠미는 강력하고도 위험한 힘으로서만, 아무리 막아도 도달하는 강력한 "독설"로서 내게 도달했다.

당신은 백 리 밖에서 말을 하고
당신의 백 리 밖에서 나는 오독이 묻어 있는 말을 듣는다.

저자(著者)가 여럿인 암송을 묵언으로 읊조리고 있다
생각이 달려 있는 기도는 오래된 종교이겠지
계절이 있는 질책을 들었다면 너, 어느 벽돌기둥의 모서리에 가려지지 않았겠지
어둑한 말의 모양을 두 손에 받아들고
백 리를 기다리는 말이나 돌보고 있다고

말 잔등을 보내겠다고

측은한 피정 중이라고, 측은한 가명을 한동안 쓰고 싶었다.

여름의 타인보다 겨울의 정인이 더 그립다.

오십 리를 기다리다 오십 리를 마중 나간다.

외면하는 첫마디를 베고 쉬겠다.

　　　　　　　　　　—「백 리를 기다리는 말」에서

　그러나 말은 갑작스럽게 내게 온 것일까. 혹은 내가 기다리는 것일까. "당신은 백리 밖에서 말을 하고" 나는 그 말을 "오독"한다. 그것은 당신의 말을 내가 정확히 이해하기 위해서가 아니라, 오독하는 것 외에는 할 수 있는 일이 없기 때문이다. 당신은 말을 했거니와 나는 뜬금없이 "어둑한 말의 모양을 두 손에 받아들고/ 백 리를 기다리는 말이나 돌보고 있다고/ 말 잔등을 보내겠다고" 당신에게 말하고 싶다. 말〔言〕을 말〔馬〕로 받았다는 것은 이 시집 특유의 언어 유희에 해당하지만, 단순히 그에 그치는 것은 아니다. 말은 그에게 언제나 등에 무엇인가를 업고 오는 것, "먼저 건너간 말〔言〕의 등에는 삽날이 찍혀 있다"(「독설 — 눈과 길은……」)는 전언처럼 위험한 삶의 흔적을 등에다 찍고 오는 것이기 때문이다. 그러니 이 말은 단순히 안부를 전하거나 상황을 전해 주는 말이 아니라, 실제의 형상을 지닌 존재, 어떤 위험한 무엇인가를 등에 업고 여기에 건너오는 존재다.

이러할 때, 풍경이 증명하던 나의 객관성이란 절대적인 무의미로 다시 환원됨으로써 폐기된다. 내면의 객관성이란 언어가 증명하던 것, 어떤 말이 어떤 의미를 담아낼 때에만 그 말은 자기를 표현하는 것이 되기 때문이다. 내가 백 리 밖에서 하는 너의 말에서 어떤 의미를 찾으려 할 때, 나는 필연적으로 실패한다. 그것은 네가 보낸 자기의 얼굴이었던 것, 그 먼 얼굴의 뒷면에서 진짜 의미를 찾으려는 시도야말로 사실은 말의 본래 기능이 아니었겠는가. 그러나 말에서 말하는 사람이 담은 의미를 찾으려는 시도란, 그 말을 하는 사람의 내면이 처음부터 존재했던 것을 전제한다. 그러나, 그것은 풍경과 내면의 기호론적 인식 구도의 전도 속에서 비로소 나타난 것이다. 그러할 때, 우리의 진짜 기원은 은폐된다.

원래 아무것도 아니라는 것 우리는 아무런 의미를 가지지 않은, 다만 바람의 관에 넣어져 어둠 속으로 사라져 갈 존재 지금 차지하고 있는 일종의 '위치'로서만 그 존재가 증명되는 것일 뿐이라는 것. 이것은 사실을 비추는 거울(진경)에 비추어져서야 나타나는 처음의 말. 그러므로 그것은 불행이되, 이 불행이야말로 나의 유일한 행복이다. "진경(秦鏡)을 보는 불행은 맨 처음의 울음이 없고 후일 모든 사물의 첫 글자가 된다./ 필연의 살들이 뭉쳐 나를 데려가는 중이고 전에 살던 백 리 밖에서 나는 우연으로 불리어졌다/ 처음으로 앉았던 곳에서/ 불행한 보행은 몸 안으로 들어왔을 것이다"(「살(煞) — 하루에 세 번……」)

그러므로 나는 그 말을 기다리고, 말을 기다리다 마중나 간다. 당신은 백 리 밖에 있고 나는 오십 리를 먼저 나아가 당신을 기다린다. 이 오십 리에 그림자가 지고, 어둠이 드리 워진다. 나는 이 양쪽 세계의 경계 지점에 오로지 위치할 수 있기를, 그리하여 자기의 실존을 수사학적으로 묘사할 수 있기 위해 최선을 다하는 것이다. 그리고 그것은 내가 기다리는 말. 이 말들이 열어 주는 숲, "모래 신발이 다 닳 은 백 리 밖 지점/ 숨고 싶은 그 숲엔 이미 숨어 있는 것들 이 많"은 이 장소, 이 존재의 암흑의 장소에 서 있을 수 있 기 위해. 물에 비친 그림자를 찾아 묘사하듯/ 따뜻한 봄빛 을 그려 내듯*, 가짜가 아닌, 진실을 형용(形容)하기 위해서.

죽음의 화려한 계절

"해 진 뒤 어두워 떠 온 한 대접 물에 배꽃이 떠 있다" 나는 "배꽃을 후후 불어 달을 본다."(「배꽃을 불어 달을 본 다」) 배꽃은 다만 잘못된 주소일 뿐, 진짜는 그것이 가리 고 있던 달이다. 그러나 배꽃이 없다면 어떻게 그것을 불 어서 달을 볼 수 있겠는가. 분분한 낙화가 지나간 봄이 화

---

* 같은 책, 527쪽.

려했음을 보여 주듯, 낙화가 없었다면 봄의 화려함도 없었을 것. "맨 처음 창자가 끊어진 그 흔적을 몸에 두고"(「단장」) 나서야 이 어쩔 수 없는 위험한 낙인이 몸에 새겨지고 나서야, 이 모든 존재들을 감싸고 있는 관, 바람이 보인다. 아, 이 화려하고 어둑한 봄. 물러서 터지기 직전의 죽음의 계절. 그것은 나의 자리이자, 나의 잘못된 주소. 잘못 태어나 잘못 자랐으나, "그저 펄펄 날리는 환한 날들에 취해/ 떨어져 내리는 저 봄날의 차편을 놓치는 것"(「벚꽃 나무 주소」)만이 이 "이 존재도 없이 설레는 마음이/ 나를 잠깐 환하게 하는 때"를 붙잡는 것. 이 화농의 계절에서 온 편지를 받고 나는 아득하게 위험해진다.

지은이　　　박해람
1968년 강원도 강릉에서 태어났다.
1998년 《문학사상》으로 등단했다.
시집 『낡은 침대의 배후가 되어 가는 사내』가 있으며
현재 '천몽' 동인으로 놀고 있다.

백 리를 기다리는 말

1판 1쇄 찍음 2015년 3월 13일
1판 1쇄 펴냄 2015년 3월 20일

지은이 박해람
발행인 박근섭, 박상준
펴낸곳 (주)민음사

출판등록 1966. 5.19. (제16-490호)
서울특별시 강남구 도산대로1길 62(신사동)
강남출판문화센터 5층 (135-887)
대표전화 515-2000 / 팩시밀리 515-2007
www.minumsa.com

ISBN 978-89-374-0828-1 04810
　　　978-89-374-0802-1 (세트)

민음의 시
목록

001 전원시편 고은

002 멀리 뛰기 신진

003 춤꾼 이야기 이윤택

004 토마토 씨앗을 심은 후부터 백미혜

005 징조 안수환

006 반성 김영승

007 햄버거에 대한 명상 장정일

008 진흙소를 타고 최승호

009 보이지 않는 것의 그림자 박이문

010 강 구광본

011 아내의 잠 박경석

012 새벽편지 정호승

013 매장시편 임동확

014 새를 기다리며 김수복

015 내 젖은 구두 벗어 해에게 보여줄 때
     이문재

016 길안에서의 택시잡기 장정일

017 우수의 이불을 덮고 이기철

018 느리고 무겁게 그리고 우울하게 김영태

019 아침책상 최동호

020 안개와 불 하재봉

021 누가 두꺼비집을 내려놨나 장경린

022 흙은 사각형의 기억을 갖고 있다 송찬호

023 물 위를 걷는 자, 물 밑을 걷는 자 주창윤

024 땅의 뿌리 그 깊은 속 배진성

025 잘 가라 내 청춘 이상희

026 장마는 아이들을 눈뜨게 하고 정화진

027 불란서 영화처럼 전연옥

028 얼굴 없는 사람과의 약속 정한용

029 깊은 곳에 그물을 남진우

030 지금 남은 자들의 골짜기엔 고진하

031 살아 있는 날들의 비망록 임동확

032 검은 소에 관한 기억 채성병

033 산정묘지 조정권

034 신은 망했다 이갑수

035 꽃은 푸른 빛을 피하고 박재삼

036 침엽수림에서 엄원태

037 숨은 사내 박기영

038 땅은 주검을 호락호락 받아 주지 않는다 조은

039 낯선 길에 묻다 성석제

040 404호 김혜수

041 이 강산 녹음 방초 박종해

042 뿔 문인수

043 두 힘이 숲을 설레게 한다 손진은

044 황금 연못 장옥관

045 밤에 용서라는 말을 들었다 이진명

046 홀로 등불을 상처 위에 켜다 윤후명

047 고래는 명상가 김영태

048 당나귀의 꿈 권대웅

049 까마귀 김재석

050 늙은 퇴폐 이승욱

051 색동 단풍숲을 노래하라 김영무

052 산책시편 이문재

053 입국 사이토우 마리코

054 저녁의 첼로 최계선

055 6은 나무 7은 돌고래 박상순

056 세상의 모든 저녁 유하

057 산화가 노혜봉

058 여우를 살리기 위해 이학성

059 현대적 이갑수

060 황천반점 윤제림

061 몸나무의 추억 박진형

062 푸른 비상구 이희중

063 님시편 하종오

064 비밀을 사랑한 이유 정은숙

065 고요한 동백을 품은 바다가 있다 정화진

066 내 귓속의 장대나무 숲 최정례

067 바퀴소리를 듣는다 장옥관

068 참 이상한 상형문자 이승욱

069 열하를 향하여 이기철

070 발전소 하재봉

071 화염길 박찬

072 딱따구리는 어디에 숨어 있는가 최동호

073 서랍 속의 여자 박지영

074 가끔 중세를 꿈꾼다 전대호

075 로큰롤 해본 김태형

076 에로스의 반지 백미혜

077 남자를 위하여 문정희

078 그가 내 얼굴을 만지네 송재학

079 검은 암소의 천국 성석제

080 그곳이 멀지 않다 나희덕

081 고요한 입술 송종규

082 오래 비어 있는 길 전동균

083 미리 이별을 노래하다 차창룡

084 불안하다, 서 있는 것들 박용재

085 성찰 전대호

086 삼류 극장에서의 한때 배용제

087 정동진역 김영남

088 벼락무늬 이상희

089 오전 10시에 배달되는 햇살 원희석

090 나만의 것 정은숙

091 그로테스크 최승호

092 나나 이야기 정한용

093 지금 어디에 계십니까 백주은

094 지도에 없는 섬 하나를 안다 임영조

095 말라죽은 앵두나무 아래 잠자는 저 여자
    김언희

096 흰 책 정끝별

097 늦게 온 소포 고두현

098 내가 만난 사람은 모두 아름다웠다
    이기철

099 빗자루를 타고 달리는 웃음 김승희

100 얼음수도원 고진하

101 그날 말이 돌아오지 않는다 김경후

102 오라, 거짓 사랑아 문정희

103 붉은 담장의 커브 이수명

104 내 청춘의 격렬비열도엔 아직도
    음악 같은 눈이 내리지 박정대

105 제비꽃 여인숙 이정록

106 아담, 다른 얼굴 조원규

107 노을의 집 배문성

108 공놀이하는 달마 최동호

109 인생 이승훈

110 내 졸음에도 사랑은 떠도느냐 정철훈

111 내 잠 속의 모래산 이장욱

112 별의 집 백미혜

113 나는 푸른 트럭을 탔다 박찬일

114	사람은 사랑한 만큼 산다 박용재	153	아주 붉은 현기증 천수호
115	사랑은 야채 같은 것 성미정	154	침대를 타고 달렸어 신현림
116	어머니가 촛불로 밥을 지으신다 정재학	155	소설을 쓰자 김언
117	나는 걷는다 물먹은 대지 위를 원재길	156	달의 아가미 김두안
118	질 나쁜 연애 문혜진	157	우주전쟁 중에 첫사랑 서동욱
119	양귀비꽃 머리에 꽂고 문정희	158	시소의 감정 김지녀
120	해질녘에 아픈 사람 신현림	159	오페라 미용실 윤석정
121	Love Adagio 박상순	160	시차의 눈을 달랜다 김경주
122	오래 말하는 사이 신달자	161	몽해항로 장석주
123	하늘이 담긴 손 김영래	162	은하가 은하를 관통하는 밤 강기원
124	가장 따뜻한 책 이기철	163	마계 윤의섭
125	뜻밖의 대답 김언희	164	벼랑 위의 사랑 차창룡
126	삼천갑자 복사빛 정끝별	165	언니에게 이영주
127	나는 정말 아주 다르다 이만식	166	소년 파르티잔 행동 지침 서효인
128	시간의 쪽배 오세영	167	조용한 회화 가족 No. 1 조민
129	간결한 배치 신해욱	168	다산의 처녀 문정희
130	수탉 고진하	169	타인의 의미 김행숙
131	빛들의 피곤이 밤을 끌어당긴다 김소연	170	귀 없는 토끼에 관한 소수 의견 김성대
132	칸트의 동물원 이근화	171	고요로의 초대 조정권
133	아침 산책 박이문	172	애초의 당신 김요일
134	인디오 여인 곽효환	173	가벼운 마음의 소유자들 유형진
135	모자나무 박찬일	174	종이 신달자
136	녹슨 방 송종규	175	명왕성 되다 이재훈
137	바다로 가득 찬 책 강기원	176	유령들 정한용
138	아버지의 도장 김재혁	177	파묻힌 얼굴 오정국
139	4월아, 미안하다 심언주	178	키키 김산
140	공중 묘지 성윤석	179	백 년 동안의 세계대전 서효인
141	그 얼굴에 입술을 대다 권혁웅	180	나무, 나의 모국어 이기철
142	열애 신달자	181	밤의 분명한 사실들 진수미
143	길에서 만난 나무늘보 김민	182	사과 사이사이 새 최문자
144	검은 표범 여인 문혜진	183	애인 이응준
145	여왕코끼리의 힘 조명	184	얘들아, 모든 이름을 사랑해 김경인
146	광대 소녀의 거꾸로 도는 지구 정재학	185	마른하늘에서 치는 박수 소리 오세영
147	슬픈 갈릴레이의 마을 정채원	186	ㄹ 성기완
148	습관성 겨울 장승리	187	모조 숲 이민하
149	나쁜 소년이 서 있다 허연	188	침묵의 푸른 이랑 이태수
150	앨리스네 집 황성희	189	구관조 씻기기 황인찬
151	스윙 여태천	190	구두코 조혜은
152	호텔 타셀의 돼지들 오은	191	저렇게 오렌지는 익어 가고 여태천

192 이 집에서 슬픔은 안 된다 김상혁

193 입술의 문자 한세정

194 박카스 만세 박강

195 나는 나와 어울리지 않는다 박판식

196 딴생각 김재혁

197 4를 지키려는 노력 황성희

198 .zip 송기영

199 절반의 침묵 박은율

200 양파 공동체 손미

201 온몸으로 밀고 나가는 것이다
    서동욱·김행숙 엮음

202 암흑향 暗黑鄕 조연호

203 살 흐르다 신달자

204 6 성동혁

205 웅 문정희

206 모스크바예술극장의 기립 박수 기혁

207 기차는 꽃그늘에 주저앉아 김명인